目次

公方天誅《てんちゅう》——古来稀《まれ》なる大目付 7

公方天誅《てんちゅう》 古来稀なる大目付7・主な登場人物

松波三郎兵衛正春《まつなみさぶろべえまさはる》……七十五歳にして吉宗より大目付を拝命。斎藤道三になぞらえ「蝮《まむし》」と呼ばれる。

松波勘九郎正孝《かんくろうまさたか》……三郎兵衛の孫。三郎兵衛の仕事を手伝う銀二《ぎんじ》に感化され密偵の真似事に励む。

斎藤黒兵衛《さいとうくろべえ》……三郎兵衛が松波家の養子に入るはるか以前から、松波家に仕えている老いた用人。

桐野《きりの》……三郎兵衛の身辺警護のために吉宗から遣わされたお庭番。

堂神《どうがみ》……遠目が利く術「千里眼《せんりがん》」を使える、元お庭番の大坊主。桐野の弟子。

猪尾縫殿助《いのおぬいのすけ》……茂木《もてぎ》藩江戸家老。屋敷が隣り合う麻生《あそう》藩の雉子谷《きじたに》との不仲は広く知られる。

雉子谷主水《もんど》……茂木藩とは藩祖の時代からの遺恨を引きずる、麻生藩の江戸家老。

尾張屋吉右衛門《おわりやきちえもん》(吉)……幕府転覆の野望を抱き、徳川宗春に肩入れするなど暗躍する正体不明の悪党。

稲生正武《いのうまさたけ》(次左衛門《じざえもん》)……嫌味な性格で三郎兵衛とは相容れぬ間柄の大目付筆頭。次左衛門は通称。

福山大膳《ふくやまだいぜん》(小次郎《こじろう》)……播州安志藩《ばんしゅうあんしはん》の若き江戸家老。将来を嘱望されながら変死を遂げてしまう。

黒沼 勝左右衛門《くろぬましょうざえもん》同じ書院番組頭《しょいんばんくみがしら》の細田仙十郎《ほそだせんじゅうろう》ら不良旗本と連む札付き。

河井幹之介《かわいみきのすけ》……小姓組組頭《こしょうぐみくみがしら》。同役の神山式部《かみやましきぶ》や書院番組頭の黒沼らと仲間の悪擦れした旗本。

銀二……「闇鶴《やみづる》」の銀二の二つ名で呼ばれた大泥棒。改心し奉行所の密偵となる。

後藤帯刀《ごとうたてわき》……変死した福山大膳とは幼馴染みだった安志藩江戸留守居役。

序

※

境内には、笛や太鼓の音が賑やかに鳴り響いていた。

福の神を呼び込むための鳴り物は晴れがましさに満ちている。その華やいだ音色に耳を傾けていると、知らず知らず気持ちが沸き立つ。うんざりするような人混みの中であることも、つい忘れがちになる。

初詣《はつもうで》の習慣は未だこの時代にはなく、当然武士の習慣にもない。

新しい年の歳神《としがみ》は、それぞれの家でお迎えするというのが、そもそも古来よりの習慣であった。

大晦日《おおみそか》にすす払いをして屋敷を清め、入口にしめ縄や門松を飾って歳神の来るのを粛々と待つ。年始の挨拶まわりは別として、三が日は無闇に外出せず、縁起物の屠蘇《そ》を飲んだり、お節料理を食べたりして過ごす。

神社仏閣の門前が賑わうのは寧《むし》ろ、師走《しわす》の中旬、羽子板やしめ縄など、正月用の品が売られているあいだである。

ところが、近年になって、神様が家に来てくれるまで待ちきれず、自ら神社仏閣へ参拝に出向いてしまう者が現れた。

如何にも気の短い江戸っ子が好みそうな行いが、忽《たちま》ち当世の流行《はや》りとなってしまったが、あくまで庶民のあいだでのことだ。武士はそんな軽々しい真似はしない。

「俺も初詣とやらに行ってみよう」

この数年、若い勘九郎《かんくろう》が面白がって出かけるのを、三郎兵衛《さぶろべえ》は快く思っていない。

それが、どういう風の吹きまわしか、今年は、

「儂《わし》も行く」

と言い出した。

それも、元日には正装して年賀登城をしてきた翌日、二日のことだ。

「大丈夫かよ。近頃じゃ、富突《とみつき》の興行くらい混み合うこともあるんだぜ」

「なに、富突だと!?」

三郎兵衛はさすがに顔色を変えたが、それでも、その日の午《うま》の刻《こく》過ぎ、勘九郎とともに屋敷を出た。

「祖父《じい》さんが一緒なら、八幡様《はちまん》にしとくか。神田明神《かんだみようじん》よりは空《す》いてんだろ」

「何処でもよい。任せる」

投げやりな口調には明らかな無関心が滲み出ていたが、それでも三郎兵衛は勘九郎に随《したが》った。

余程暇なのだろう、と勘九郎は思った。

物好きな初詣の客をあてこんでのことか、参道にはさまざまな屋台が並び、それが又、人出《ひとで》に拍車を掛けているようだった。

人出があるところに商売人が集《つど》うというのもまた世の倣《なら》いだが、

（ったく、正月から、怪しからん）

三郎兵衛は内心苦々《にがにが》しく思った。

この調子で初詣の習慣が定着してしまえば、それが新しい江戸の正月になるのかもしれない。

「なんなのだ、この人出は」

いざ目指す富岡《とみおか》八幡の山門に近づくと、一層険しい表情で三郎兵衛は言い、激しく舌打ちした。

「まるで、火事場騒ぎではないか。騒がしくてたまらんわ」

「だから言ったろ」

勘九郎も忌々《いまいま》しげに舌打ちを返す。

「こんなのまだましなほうだぜ。……神田明神なら、この倍は人が出てる」

「なにがよくて正月早々わざわざ人混みに出かけて来るのだ。正月は家で雑煮《ぞうに》でも食っておれ」

「だったら、祖父さんはなんで来たんだよ」

勘九郎が呆《あき》れ顔で言い返すと、三郎兵衛は気まずげに口を閉ざす。勘九郎は更に追い討ちをかけた。

「そんなに人混みが嫌いなら、来なきゃよかったろうが」

「………」

「そもそも、初詣なんて、武士のするもんじゃないって言ってたろうが。なんでついて来たんだよ」

「仕方なかろう」

ひと息に責め立てられると、苦りきって三郎兵衛は応じる。

「なにがだよ？」

「人出の多いこうした場所には掏摸《すり》が多いのだ」

「だからなんだよ？」

「うぬのような間抜けは、掏摸にとっては恰好のカモだ。だから儂が目を光らせておるのだ」

「そいつは有り難え話だが、安心しな。はなから財布なんぞ持っちゃいねえよ」

「なに？」

「祖父さんと出かけるのに、俺が財布持つ必要ねえだろ」

「…………」

一瞬絶句してから、

「なんという奴だ」

今度は三郎兵衛のほうが呆れ顔を見せた。

祖父と同道するからといってはじめから財布を持たずに出て来るとは、どういうつもりであろう。

「まさか、賽銭《さいせん》まで儂に出させるつもりか？」

「いいじゃねえか。どうせ、掏摸に盗まれちまえばそうなるんだから」

「たわけめッ」

三郎兵衛は激しく舌を打った。

「だからと言うて、参拝に来るのに文無《もんな》しで来る奴がおるか」

「いいだろ、別に。賽銭以外、金使うこともねえんだから。……賽銭のぶんは持って来たぜ、草履《ぞうり》に挟んで――」

「参拝の帰りに腹が減って蕎麦屋《そばや》に入ろうとは思わぬのか？」

「蕎麦代くらい、祖父さんが出してくれるだろ」

「ほほう、はじめからひとの懐《ふところ》をあてにしておるわけか。見上げた根性だのう」

「祖父さんこそ、吝嗇《けち》くさいこと言うなよ」

「こやつ――」

と人目も憚《はばか》らず言い合う三郎兵衛と勘九郎の周辺が、心なしか静かであった。

いつしか、二人以外の話し声がしなくなっている。ともに、簡素な微行《しのび》姿で来ているから、大身《たいしん》の旗本には到底見えない。どう見ても長屋住まいの貧乏武士とその息子といったところだ。そんな二人の親子喧嘩のやりとりが面白く、近くにいる者は皆、聞き耳を立てているのだ。

それがわかっていても、三郎兵衛は少しも声をおとさず、

「それもそうじゃのう。蕎麦などと吝嗇くさいことを言わず、鰻《うなぎ》でも食うて帰るか」

わざと声を張りあげた。

「お、いいねえ」

「貴様には食わさんぞ」

「え？」

「儂は吝嗇なのでな。言っておくが、吝嗇くさいのではなく、吝嗇なのだ」

「…………」

勘九郎が絶句した瞬間、周囲から声のない笑いが興《おこ》ったことを三郎兵衛は確信した。

当然、失笑である。

（せいぜい笑っておれ、たわけどもめ）

三郎兵衛は三郎兵衛で、内心大いに憮然としている。と、そこへ——。

三郎兵衛の脇を一陣の風が過《よぎ》ったかと見えた一瞬後、

「かかったかぁッ！」

三郎兵衛の大喝《だいかつ》が、忽ち周囲を席巻した。

「我が懐を狙うとは、よい度胸よ。この、慮外者《りょがいもの》めがッ」

雷鳴の轟《とどろ》くが如き怒声と、素早い身ごなしであった。

大胆に伸べられた男の腕《かいな》を摑むなり、三郎兵衛は咄嗟《とっさ》に捻《ひね》り上げた。

「痛ッ……いてててて……」

「掏摸だッ」

男の腕を捻り上げながら、三郎兵衛は声を張りあげた。

「そこらに町方の者はおらぬかーッ？　掏摸を捕らえたぞッ」

腕を摑まれた男は忽ち顔色を変えた。

銀鼠《ぎんねず》色の着物を尻端《しりはしょ》折りした男の年の頃は四十前後。お店《たな》の手代によくいそうな柔和な顔つきを一変させると、

「ち、畜生ッ、は、はなしやがれっ」

悪鬼の形相で猛然と抵抗する。

が、三郎兵衛はビクともしない。このときになってはじめて、掏摸は、己の狙った相手がとんでもない者であることを知ることになる。

見かけは、やや長身であること以外、ごく標準的な体格の初老の武士である三郎兵衛を、どうやらいいカモだと思ったのだろう。武士のほうが、町人よりも己の懐に無頓着であることが多い。

「は、はなせぇッ」

　三郎兵衛は掏摸の腕を捻り上げてはいるものの、それほど力を入れているようには見えない。大の男が渾身の力で抗《あらが》えば、逃れられぬこともなさそうだから、掏摸は必死に抗った。が、全く動じない。

「ええい、うるさいのう」

　抗う男を、だが三郎兵衛はまるで幼児でもあるかのように軽々とあしらった。腕を捻ったままで軽く引き上げると、捻られた上に自らの体の重みが加わり、痛みの度合いは倍増する。

「無闇に暴れると、腕をへし折るぞ」

「い、いてぇーッ、勘弁してくれぇーッ」

　掏摸が容易《たやす》く悲鳴をあげたとき、

「お奉行様？」

　四十がらみの紋服袴《はかま》の武士が、怖ず怖ずと人混みから進み出て、三郎兵衛に声をかけた。

「お奉行様ではございませぬか？……お久しゅうございます」

「ん？」

　三郎兵衛はふとそちらに視線を向ける。向けた先に、見知った顔があった。

「加賀見《かがみ》か？」

「はい、加賀見でございます。すっかり無沙汰をいたしております、お奉行様」

南町奉行所与力・加賀見源右衛門《げんえもん》は、生真面目な様子で一礼した。

彼らの周囲にいた者たちは、掏摸が捕らえられた時点で一歩も二歩も後退《あとずさ》っていたため、周辺には少しく余裕が生じている。

「儂はもう奉行ではないぞ。……儂を奉行と呼ぶのは、備州《びしゅう》殿に失礼であろう」

三郎兵衛が軽く窘《たしな》めると、

「も、申し訳ございませぬ、お奉行……いえ、松波《まつなみ》様」

加賀見は本気で恐縮し、更に深々と頭を下げる。一瞬間逡巡する様子を見せたのは、果たしてこの場で三郎兵衛を「大目付様」と呼んでいいものかどうか、咄嗟に思案したためだろう。

短い思案の結果、微行の途中であることを慮《おもんぱか》り、加賀見なりの礼を尽くした。

そんな加賀見の内心が容易く透けて見えるほどに、

(相変わらず、くそ真面目な男だ)

三郎兵衛は少しく閉口したが、すぐに気を取り直し、

「そんなことより、なんだ、正月早々、与力が自ら見廻りか？」

深々と頭を下げたままの加賀見に問うた。

一瞬、ピクリと身を震わせてから、加賀見は漸《ようや》く顔をあげる。

その顔は、明らかに憔悴していた。

「どうした、加賀見？　貴様、何日も寝ておらぬのではないか？」

「いえ……」

「図星か？」

「そ、そのようなことはございませぬ。…ただ、ちょっと……」

「ちょっと、なんだ？　さては昨夜飲み過ぎたか？　正月とはいえ、ほどほどにせいよ」

「だ、断じて、左様なことは……」

加賀見は困惑した。

下戸《げこ》ではないが、それほどいける口でもない。奉行時代の三郎兵衛からよく酒に誘われて閉口したことを思い出したのかもしれない。

「なんだ？」

「それが……」

視線を逸らした加賀見の顔は明らかに曇っている。

なにか、余程思い屈することがあるに相違なかった。馬鹿正直なくらい実直な加賀見は日頃から嘘偽りを一切口にしない。方便というものすら使えないため、問い詰められれば大抵思いつめた顔つきになる。剣は一刀流《いっとうりゅう》の使い手。年齢相応の経験もあり、有能な与力の一人だ。

それ故三郎兵衛には、正月早々浮かぬ様子を見せる加賀見源右衛門の心中が気がかりだった。

※　※

それから一刻あまりのあいだに、三郎兵衛は掏摸を三人ほど捕らえた。最後に捕らえた掏摸を最寄りの番屋まで送り届けてから、三郎兵衛は加賀見源右衛門を蕎麦屋に誘った。

勘九郎には先に帰るよう促したが、頑《がん》として聞かず、ついて来た。三郎兵衛の町奉行時代にはあまり役宅に寄りつかなかったので、勘九郎は奉行所の与力や同心の顔を殆《ほとん》ど知らない。なにか面白い話でも聞けるのではないかと期待していることは間違いなかった。

(困った奴だ)

勘九郎への困惑をひた隠しつつ、三郎兵衛は加賀見に酒を勧めた。

だが、何杯か燗酒を干しても、加賀見はなかなか語ろうとはしなかった。

三郎兵衛は根気よくその重い口が開くのを待った。

「それにしても、妙なものが流行り出すものよのう」

待ちつつ、言うともなしに三郎兵衛は言う。

「は？　妙なものとは？」

「初詣に決まっておろう。正月からこんなに人出があっては、町方の休む暇がないではないか。浮かれた正月の参拝客が問題を起こすのは目に見えておるからのう」

「まことにもって……」

加賀見は忽ち言い淀む。

「その証拠に、与力のそちまでが見廻りに出ておる」

「いえ、それがしは……」

加賀見は言いかけ、だがすぐに言葉を止めてしまう。

「これ、美味《うめ》ぇな」

不意に、勘九郎が頓狂な声をあげた。

だし巻き玉子をひと口食べての感想であった。

「ちょっと甘いけど、酒にもすごくあうぞ」

「黙って飲んでおれ。こちらは大事な話をしているのだ」

三郎兵衛が厳しい顔で窘めると、

「別にたいした話なんぞしてねえじゃねえか」

勘九郎は鼻先でせせら笑う。

「なんだと！」

「なんだよ」

「矢張り貴様は先に帰れ。話の邪魔だ」

「だから、さっきから、何の話もしてねえだろうが」

「貴様がいては話ができぬのだ」

「なんでだよ？」

「加賀見が困っておるではないか」

「そうなんですか、加賀見さん？」

「えっ？」

「俺がいたら、迷惑ですか？」

「い、いえ、断じてそのようなことは……」

真顔で勘九郎に問われ、当然加賀見は困惑した。

「そんなことはござらぬ、勘九郎殿」

「加賀見さん、困ってないってよ」

「加賀見が気を遣《つか》っておるのがわからぬか、たわけめ」

「気を遣ってくれてるのかい、加賀見さん？」

「いいえ、滅相もない」

「ほら、遣ってねえってよ」

「そのように面と向かって問われれば、誰でも否定するしかないではないか。そんなこともわからぬのか」

「お二人とも、もう、おやめくださいませッ」

遂に堪《た》えきれず、加賀見が悲鳴のような言葉を発した。

「どうした、加賀見？」

「加賀見さん？」

三郎兵衛と勘九郎はそれで漸く言い合いをやめ、加賀見を見る。

「勘九郎殿の言われるとおり、たいした話ではないのでございます」

きっぱり言い切ると、加賀見は猪口《ちょこ》の酒をひと息に飲み干した。

「たいした話ではないのに、何故貴様はそう思い悩んでおるのだ?」

三郎兵衛の顔つきが一層険しいものとなる。すると加賀見は懸命に首を振った。

「いや、たいした話どころか、実に馬鹿げた作り話なのです」

「馬鹿げた話だと?」

「はい。ことの起こりは、昨年の暮れに、こそ泥を一人捕縛したことでございます」

「こそ泥?」

「はい、《馬込《まごめ》》の金太《きんた》という盗っ人にございます。仲間と連《つる》まず、己一人で盗みを行っておりました」

「《馬込》の金太という名は、聞いたことがある。こそ泥どころか、儂が奉行の頃から関八州《かんはっしゅう》に凶状が出まわっておったわ」

「いいえ、あのような者はこそ泥の小者にすぎませぬ。……そうでなければ、己が罪を減じられたいばかりに、くだらぬ作り話などいたしましょうか」

「だから、一体なんなのだ? その、作り話だの与太話だのと……」

「年明け早々、西国の外様《とざま》大名が一斉に蜂起して兵を起こし、江戸に攻めのぼるそうでございます」

加賀見が思わず口走った瞬間、

「なに？」

三郎兵衛の表情も瞬時に変わった。

「それはまことか？」

「………」

三郎兵衛の反応にやや恐れを成し、加賀見は少しく言葉を躊躇《ためら》った。

「どうなのだ、加賀見？」

「ざ、戯《ざ》れ言《ごと》にございます」

「戯れ言でもよい」

「松波様……」

「だが、戯れ言かどうかを判断するのは儂だ。儂が戯れ言だと笑いとばすまでは、戯れ言にはならぬ」

「………」

「よいから、話せ。うぬがすべてを話し終えたら、戯れ言だと笑ってやろう」

半ば破顔《わら》った顔で、だが目だけは笑わずに三郎兵衛は言った。

加賀見源右衛門は、最早《もはや》すべてを話すしかないことを瞬時に悟った。もしこれ以上逡巡するようなら、松波三郎兵衛は忽ち激昂し、なにをしでかすかわからない。
それだけは、はっきりとわかっていた。

俄《にわか》には信じ難い話であった。

西国の――外様の大藩が結託して兵を挙げ、同時に江戸の市中に火を放ち、御三家か、或いは同格の大身の御親藩が呼応して江戸城を襲う――。

もし現実に起こり得るとすれば、幕府はじまって以来の壮大な謀叛《むほん》である。これまでも何度か、幕府転覆を企む謀叛の計画はおこった。

江戸の市中に火を放つ、という計画も、いまにはじまったことではない。

おもに木と紙でできた庶民の家屋を焼くなど、その気になれば容易いことだ。大風の起こる日を選んで油を撒き、火薬を仕込み、火を放てばよい。木と紙の家は忽ち燃え上がり、隣家にも累《るい》を及ぼす。

江戸のまちは、一刻と経《た》たずに火の海と化すだろう。

これまで未遂に終わった数々の謀叛計画においても、江戸を火の海にすることは必須条件であった。

町家が燃え尽きればその炎は畢竟《ひっきょう》武家屋敷をも燃やす。城の周囲を護る大名屋敷までが灰になれば、丸裸の城が落ちるのは時間の問題だろう。

が、さほどに安易な謀叛の計画がこれまで一度も実現していないのは、市中の自治が強固であるが故であった。悪心をいだいた余所者《よそもの》が入り込んで来れば、それを見過ごしにしないだけの仕組みがしっかりと出来上《できあ》がっていた。なにか異変があればすぐ町年寄《まちどしより》や町名主《まちなぬし》に報告が為《な》されたし、年寄も名主も、報告を受ければ忽ち奉行所に訴え出る。奉行所の反応は早い。或いは、それ以前に、独自の探索機能を持つ火盗改《かとうあらため》が怪しい者を炙《あぶ》り出すこともある。

火付けに対する守りは、完璧に近いのだ。

もとより、火消《ひけ》しの有能さもある。

殊に、吉宗《よしむね》の代になってまもなく町《まち》火消が創設されたのも大きい。彼らの仕事は火元を鎮火するのではなく、延焼を避けることなので、いざ火災が起これば、火元周辺の家は悉《ことごと》く破壊する。その手際《てぎわ》が素晴らしいおかげで、火事が起こっても最小限の被害ですんでいる。

加賀見の話を聞き終えた後、三郎兵衛はしばし沈黙して考え込んだ。

「市中に火を放つというのは使い古された手段にすぎぬが、西国の外様が一斉に蜂起するというのは法螺《ほら》話としても些《いささ》か気になるのう」

「何分、こそ泥の戯れ言でありますれば……」

加賀見は懸命に言い募ったが、

「いや、儂に言わせれば、これまで島津《しまづ》や毛利《もうり》がことを起こさぬのが、寧ろ不思議なくらいじゃった。少なくとも、儂が島津の殿様なら、関ヶ原《せきがはら》の遺恨を雪《そそ》ぐべく、とっくに兵を起こしていたやもしれぬ」

三郎兵衛は極めて冷静な口調でとんでもないことを口走った。

「お奉行……いえ、松波様！」

「が、島津も毛利も、ことを起こす気配は毛頭なかった。何故なのか。……簡単なことだ。江戸までの道のりはあまりにも遠い。本気で攻め上ろうと思ったら、一旦大坂《おおさか》あたりで態勢を立て直す必要があるが、畿内《きない》の大名はほぼ譜代と親藩だ。そう簡単に、意のままにはできぬ」

「ですが、京都所司代《きょうとしょしだい》と大坂城代《じょうだい》を同時に襲って配下におさめれば……」

「なるほど」

思わず口走った加賀見の言葉に、三郎兵衛は忽ち納得した。

そんな言葉が咄嗟に口をつくということは、戯れ言だと自らに言い聞かせつつも、一方では本気でそのことを思案していた証拠であろう。生真面目な男の顔色が冴えなかった理由としては充分であった。

(思い余って正月早々市中の見廻りをしていたところ、儂と出会《でくわ》した)

三郎兵衛は嘆息し、再び思案に戻る。

単独では踏み切れずとも、二藩三藩と結託すれば、さまざまなことが可能になる。だが、結託すれば力を得られることがわかっていても、互いに、自らそれを切り出すことは難しい。互いの腹の中がわからねば、迂闊《うかつ》なことは言えない。先に口にしたほうが必然的に首謀者となるからだ。いざことが露見したとき、首謀者と、誘われて巻き込まれただけの者とでは立場が全く違う。

(もし結託するとすれば、誰かあいだに立つ者がいなければならぬ。利害を同じくする、第三者が、だ。そうでなければ、大藩同士が結びつくなど考えられぬ)

屋敷に戻ってからもなお執拗にそのことを考え続けていた三郎兵衛は、行き着いた己の思案に思わず失笑した。

加賀見のことを取り越し苦労だと笑っていられない。与太話だと己に言い聞かせつつも、つい本気にしてしまうのだから世話はなかった。

第一章　正月三日の招かれざる客

一

正月の三が日、大名・旗本たちは皆、年賀の登城に忙しい。

御三家御一門、親藩譜代など御大身《ごたいしん》の大名は元旦の明《あけ》六ツから、外様や旗本御家人、諸役人たちは二日の五ツ過ぎからと、それぞれ定められた時刻に江戸城を訪れる。参勤の年でなければ、実際に参上するのは代理の江戸家老などだ。

将軍は多忙であり、直接謁見できる者は限られているから、多くの者は献上品の目録を渡すだけで辞去する。

また、将軍家への挨拶をすませた大名・旗本――或いは代理の者たちは、大抵そのまま年始の挨拶まわりに出向く。老中や若年寄など、要職にある者もまた登城していて留守なのだが、かまわず年賀の品を届けに行く。

正装した殿様たち――実際には家老だが――は当然立派な大名駕籠《かご》――乗物で移動する。

乗物には、槍持、傘持は言うに及ばず、大勢の供が随《したが》う。そのため、各々の家の行列によって、内堀沿いから大名小路にかけては大渋滞となった。

三郎兵衛には、上様以外に年始の挨拶をせねばならぬ相手などいないので、早々に登城をすませてしまえば、他に格別の用もない。

三が日が過ぎても、城中では正月の恒例行事が続く。

吉宗はそれらの仰々しい虚礼を嫌い、悉《ことごと》く廃したが、すべてを廃するわけにはいかなかった。結局、城中が日常を取り戻すのは松が取れてしばらくしてからのことだ。

それまでは、裃《かみしも》を着けて登城する必要もない。

外へ出ても、大名行列が邪魔で思うように歩けないのは毎年のことだ。昨日はふと思い立って勘九郎の初詣につきあったが、掏摸を捕らえる以上に面白いことも起こらなかった。それどころか、とんだ重荷を背負わされている。

三郎兵衛が居間でゴロゴロしていると、用人の黒兵衛《くろべえ》があたふたとやって来ては、

「関宿藩《せきやど》の留守居役の方が新年のご挨拶にみえておられます」

「三日月《みかづき》藩の留守居役の方が新年のご挨拶に……」

「加納《かのう》藩の御家老が……」

例によって、あまり耳に馴染みのない藩名を、次から次へとひきも切らず告げる。

昨年大目付に就任当初、各藩の江戸家老や留守居役が挨拶と称して松波家の門前に殺到したものだが、三郎兵衛が徹頭徹尾彼らの挨拶をうけず、手土産《てみやげ》も受け取らぬというこどがわかると、その数は次第に少なくなり、やがてパタリとやんだ。

一度は諦めたが、正月の挨拶という名目ならばと思い直して再度訪れたとすれば、大目付という役職は矢張り侮《あなど》れない。上様のご機嫌一つでどうにでもなりそうな小藩にとっては、大目付の歓心を買うことは最重要案件なのだろう。

ひきもきらずに門前を騒がせる連中に辟易して、二日目は勘九郎とともに富岡八幡への初詣に出かけたが、二日目を避けたところで、三日目は更に大勢詰めかける。

「主人は他行中だと言って帰ってもらえ」

と黒兵衛には言いつけたが、相手も、大目付の職にある三郎兵衛が元日に登城したことを承知の上で来ているから、そう簡単には引き下がらない。

「では、お戻りになられるまで門前にて待たせていただきましょう」

まるで晦日《みそか》の借金取りの如く言い張り、一向《いっこう》に帰る様子はなかった。

(困ったものだ)

三郎兵衛は屋敷の奥で息をひそめていたが、

「ご本家のお兄君《あにぎみ》とそのご子息がおいでになりました」

と聞くに及んでは、最早《もはや》絶望的な気分に陥《おちい》るしかなかった。

黒兵衛の言う本家とは即ち、三郎兵衛にとっての本家――松波家の養子に入る以前の、生まれ育った実家にほかならない。

「なにが本家だ。三宅《みやけ》と言えばよかろう。まぎらわしい」

腹立ちまぎれに三郎兵衛が言い返すと、

「こ、これは、失礼仕《つかまつ》りました。つい……」

黒兵衛は即ち、真っ赤になって口ごもった。

このときの黒兵衛に悪気はなく、長年の習慣でつい口が滑ったにすぎないが、そもそもは悪意を以《もっ》て言い慣わしていたのだ。養子に入ったばかりの頃、三郎兵衛をあからさまに余所者《よそもの》扱いし、数々のいやがらせを行った、その名残であった。

いまは大目付にまで出世した三郎兵衛に満足し、心服しているが、過去の黒兵衛の己への仕打ちを、三郎兵衛は決して忘れてはいない。だから折に触れて厭味を言う。

「まあ、そちにとって儂《わし》は、いつまで経っても、三宅の家の者なのであろうな」

「め、滅相もございません。どうか、お許しを……」

「冗談だ」

「そ、それで、どういたしましょう？」

そんなつもりはさらさらなかったのに、思いがけず三郎兵衛の不興を買ってしまったことに恐縮し、狼狽《うろた》えながら黒兵衛は問い返した。

「他行中と詐《いつわ》り、お帰りいただきましょうか？」

「正月早々、居留守というわけにもゆくまい」

苦《にが》りきった顔で、三郎兵衛は応える。

「表座敷にとおしておけ」

「ははっ、承《うけたまわ》りました」

「但し、正月だからといって、酒など出すなよ。長居をされてはかなわんからな」

「はっ、かしこまってございます」

黒兵衛はそそくさと出て行った。

（ったく、正月早々……）

忌々《いまいま》しさでぶち切れそうになりつつも、同時に三郎兵衛は諦めてもいる。

顔を合わせたこともない赤の他人であれば、如何に大藩の使者であれ平然と門前払いにするが、親類縁者ではそうはいかない。情義の問題ではない。

他人であればいつかは諦めて去るが、親類縁者は絶対に諦めないし、面会するまで執拗に去らないからだ。

（仕方ない。何処へ行こうと、柵《しがらみ》はついてまわる。窮屈なことだ）

思いながら、三郎兵衛はゆっくりと腰を上げ、黒縮緬《ちりめん》の羽織に腕をとおした。

会うとなれば、相応の威厳はたもたねばならない。

三郎兵衛の実父・三宅政広《まさひろ》は、三郎兵衛と同じく三男坊に生まれながらも家督を継《つ》ぎ、最後は書院番を務めた。

三百石そこそこの貧乏旗本にしては、かなり頑張ったほうだろう。

書院番は、小姓組とともに両番と称せられ、初勤番の三日後から、将軍の供をすることができる役目なので、出世の機会も多く、無役の旗本・御家人ならば誰でも羨《うらや》む。

亡父は晩年近くになって書院番の役を得た。

しかし、部屋住みの三男坊にまで日の当たることはなく、松波家の末期養子となるまでの三郎兵衛は鬱々《うつうつ》とした日々を過ごした。

家督を継いだ長兄とは、言うまでもなく仲が悪い。というより、長兄は三郎兵衛のことを憎み嫌っている。

三郎兵衛が松波家の養子に入ってからは殊に顕著で、ほんの十数年前までは、時候の挨拶すら疎《おろそ》かにするような間柄であった。

十年前、長らく疎遠であった長兄が己の長子・長三郎《ちょうざぶろう》を伴って唐突に松波家を訪れたのは、三郎兵衛が勘定奉行に出世してまもなくのことである。

兄の魂胆はしれていた。勘定奉行という要職に就いた三郎兵衛の縁故にすがり、継嗣《けいし》の長三郎になにか気のきいた職を世話してもらえぬかと考えたのだ。

(兄貴と儂の関係を思い返せば、到底左様なことは頼めまいに、どこまでも厚かましい野郎だ)

三郎兵衛は内心あきれていた。

もしこれが逆の立場であったとしたら、己ならば絶対にあのいけ好かない兄貴に息子の任官など頼みに行ったりはしない。断じて、しない。

(恥知らずめ)

長年の怨恨とともに、三郎兵衛は兄の願いを黙殺した。時節の訪問も、二度に一度は居留守を使って追い返した。

勘定奉行に任じられた頃、三郎兵衛は既に己の嫡子を喪《うしな》っている。その忘れ形見《がたみ》の勘九郎は元服前の少年であった。未だ幼顔《おさながお》の残る少年の将来を案ずるには、当時の三郎兵衛の想像力は乏しすぎた。

だが、勘九郎が元服し、まるで己の若い頃を髣髴《ほうふつ》させるが如き無頼《ぶらい》の性《さが》をあからさまにしはじめたとき、大嫌いな弟に頭を下げることも辞さぬ兄の気持ちが多少は理解できた。

（すべては、子のため故か）

理解はできたが、兄の願いを聞くつもりはさらさらなかった。何故なら、その幼少時からよく知る甥《おい》の長三郎が、あまりに暗愚すぎたのである。

暗愚な者に重要な役を与えれば即ちしくじり、口をきいた三郎兵衛にも累《るい》を及ぼすことは目に見えていた。

しかも、要職に就く叔父がいるという驕《おご》りから、叔父の威光を笠に着て周囲に傲慢《ごうまん》な態度をとり、

「俺は勘定奉行の甥だぞ。文句があるか」

とでも言い出しかねない、父親譲りの性格の悪さも兼ね備えている。

幸い、養子に入って姓が違っているおかげで、不出来な甥がいることはいまのところ世間に知られていない。今更知らしめるつもりは毛頭なかった。

その不出来な甥も、既に五十を幾つか過ぎたであろう。

「ご無沙汰いたしております。叔父上様にはご機嫌麗《うるわ》しく――」

老けた顔を平身低頭させると、髷《まげ》には僅かながらも白髪が混じっているようだった。

「いや、挨拶などよいから、ゆるりとなされよ」

という三郎兵衛の言葉は、無論社交辞令にすぎない。本気にされてゆるりと寛《くつろ》がれてはかなわない。

そもそも、あれほど厳しく黒兵衛に言いつけたというのに、三郎兵衛が座敷に入って来たとき、二人の前には酒肴の膳が置かれていた。

(黒兵衛め)

三郎兵衛は内心の怒りと苛立《いらだ》ちをひた隠した。

如何に、酒は出すなと主人から言いつけられていても、今日は正月の三日である。来客を茶でもてなすなど、体裁が悪くてできなかったのだろう。

三郎兵衛が着座してまもなく、三郎兵衛のぶんの膳も運ばれてきた。

「おや、手をつけておられぬのか。折角の正月、縁起物故召しあがってくだされ」

仕方なく、三郎兵衛は二人に勧めた。

家にあげた以上は、酒くらいふるまうのは当然だ。正月なのだ。だが、この二人の顔を見るだけで、新年のめでたさも半減する心地がする。

そんな内心の不快をひた隠しつつ、三郎兵衛が盃を手にした瞬間、

「では、おながれを頂戴したく存じます」

兄の政寿《まさかつ》が恭《うやうや》しく躙《にじ》り寄って来て、三郎兵衛は内心ゾッとした。

三郎兵衛より六つ年上の長兄は今年で八十二。年齢相応に年老いて、すっかりあくの抜け落ちた老翁《ろうおう》の外貌ではあるが、その心中にドロドロした怨念と澱《おり》のような嫉妬心が渦巻いていることを、三郎兵衛はよく知っている。

「この、穀潰《ごくつぶ》しが」

三宅の家にいるあいだは、口汚く罵《ののし》られた。

「無駄飯食いの穀潰しは、さっさと商家の入り婿《むこ》にでも拾ってもらえ」

(てめえに言われる筋合いはねえよ)

口には出さず、だが三郎兵衛は腹の中で毒づいていた。

(てめえに養われてるわけじゃねえからな)

すぐ上の兄も長兄に迎合し、一緒になって三郎兵衛を苛《いじ》めたが、それもほんの幼児の頃までだ。十を過ぎる頃から体格に恵まれ、道場でめきめき力をつけはじめた三郎兵衛に、年長の兄二人がかりでもかなわなくなるまでに、さほどのときは要さなかっ

た。

「この太平の世に武芸などなんの役に立つか」

「益々穀潰しだ」

力でかなわなくなったぶん、悪口雑言や陰湿な嫌がらせは弥増《いやま》した。

（その同じ口で、儂の「おながれを」とは、よくぞぬかしたものよ）

甚《はなは》だあきれ返りながらも、さあらぬていで、

「では、一献――」

三郎兵衛は己が口を付けた盃を、兄に向けて差し伸べた。

「頂戴いたします」

政寿は嬉々としてその盃を手にとった。内心の苦々しさをひた隠して酒器をとり、なみなみ注いでやると、満面の笑みでそれを干す。

「長三郎、お前も頂戴せい」

「はい、頂戴いたします」

五十を過ぎた甥も、嬉々として擦り寄ってきた。

それは、三郎兵衛にとっては悪夢の光景でしかなかった。

が、悪夢には突然の終わりが訪れる。

ダガッ、ずだだだだ……

不意にどこかで激しい物音がし、玄関まで続く廊下を、黒兵衛のものとは違うけたたましい足音が鳴り響いた。

二

「すわ！　曲者《くせもの》ッ」

「であえ、であえ〜ッ」

緊張を孕《はら》んだ叫び声が、屋敷じゅうに響き渡る。

「曲者でござるーッ」

少なくとも、二人以上の者が叫びながら邸内を駆けまわっているようだ。

「何事だッ」

三郎兵衛は反射的に立ち上がり、廊下側の障子を開けた。曲者が侵入するとすれば、庭先から来るに違いないからである。

薄暮の庭へ目を凝らした三郎兵衛の視界を、黒装束の者が横切った。

「おのれ、何奴ッ」

身を捻って座敷へとって返すと、迷わず長押《なげし》に掛けられた槍を手にとる。

「筑後《ちくご》殿？」

「お、叔父上？」

兄と甥の不安げな顔は黙殺した。

「おい、祖父《じい》さん、大変だッ」

そこへ、ちょうどいい具合に息を切らせた勘九郎が駆け込んで来る。

「何事だ、勘九郎」

「刺客《しかく》だよ」

決死の形相で勘九郎は応じる。

「なに？」

「刺客が屋敷に侵入したんだよ。少なくとも、十人以上はいるぞ」

「まさか！」

三郎兵衛は忽《たちま》ち目を剝く。

「だいたい、どうやって侵入したというのだ？　これでも一応武家屋敷だぞ」

「どうもこうも、正月の三日だぞ。門番も誰も彼も、酒くらって居眠りしてたに決まってんだろ」

「馬鹿な！」

「兎《と》に角《かく》、黒爺《くろじい》や下働きの者たちには安全な場所へ隠れてるように言いつけた。刺客は俺と桐野《きりの》で始末する」

「なに？　桐野？」

三郎兵衛は更に顔を顰《しか》めた。

「桐野はこのところ姿を見せておらぬが、戻っておるのか？」

「なにか調べに行ってたんだろ。戻って来たんだよ」

「なに？　ならば儂に報告すべきではないか」

「別に、祖父さんの用事で行ってたわけじゃねえから、報告する必要ねえだろ」

「なんだと！……ったく、どいつもこいつも」

「それより、どうすんだ？」

「なにがだ？」

「刺客を始末するのを手伝うのか、黒爺たちと隠れてるのか――」

「たわけッ、誰が隠れるかッ」

「とはいうものの、祖父さん、酒飲んじまったろ」

「酒など飲んでおらぬわッ」

三郎兵衛は思わず声を荒らげて言い返す。

「仮に飲んでおったとしても、一合や二合の酒で酔うかぁッ」

「そういえば、本家の大伯父上《おおおじうえ》がいらしてるんだってな」

三郎兵衛の怒声に少しく顔を顰めつつも、至極冷静な口調で勘九郎は言う。

「ああ」

勘九郎の言葉に、仏頂面《ぶっちょうづら》で三郎兵衛が肯《うなず》くと、

「いまのうちに、逃げていただいたほうがいいんじゃないか?」

大真面目な顔つきで勘九郎が提案する。

「え?」

「刺客と乱闘になったら、なにが起こるかわからねえだろ」

「それはそうだが……」

「相当手強《てごわ》そうだと桐野が言ってるぜ」

「なに、桐野が? それはまことか?」

「ああ。だから、当家の者ではないお方が、巻き添えで斬られたりしたら、申し訳ねえだろ」

と聞こえよがしに言いつつ、勘九郎が座敷の中を覗き込むと、案の定、

「ち、筑後殿……」

「これは……一体……」

政寿と長三郎は、ともに血の気の失せた顔で激しく震えていた。

いい気味だ、とまでは思わぬが、少なからず溜飲《りゅういん》が下がった。

正月早々、招かれもせぬのに図々しくあがり込んできた客は、多少肝《きも》を冷やして当然だ。

三郎兵衛が内心満更でもなく二人の様子を窺《うかが》っていると、するすると座敷に入り込んだ勘九郎は、

「どうも、ご無沙汰いたしております、大伯父上と長三郎殿——」

挨拶もそこそこに、

「そういうわけで、こちらにも危険が迫っておりますので、いまのうちにご退去いただけますか？」

二人に向かって問いかける。

言葉つきこそ丁寧《ていねい》だが、有無を言わさぬ強い口調であった。

「…………」

当然、二人は無言で肯いた。

その間にも、すぐ近くで、
ザシュッ、
ぐぁん！

と鋼の激しく交わる音が聞こえている。乱刃のようである。

鋼の斬音は、次第に近づきつつあった。

「では、こっそり裏口からお帰りいただきます。よろしゅうございますな？」

「…………」

二人は更に無言で肯き、黙って勘九郎に従った。一刻も早く、物騒なところから立ち去りたい、という気持ちが二人の全身から溢れ出ていた。

「さ、早うおいでくださいませ」

手回しよく二人の履物を手にし、先に立って誘《いざな》う勘九郎の言葉を、ギャーッという絶叫が忽ちかき消す。

政寿も長三郎も生きた心地がしなかった。正月に親戚の屋敷を訪ねて、何故修羅場に遭遇せねばならぬのか。蓋《けだ》し疑問に思いながら、勘九郎のあとに続いたことだろう。

「大丈夫でござるか、勘九郎殿？」

厨《くりや》から外に出て、勝手口をくぐって屋敷の外に出る際、さすがに政寿は心配顔に訊ねたが、

「ああ、いつものことなので、ご心配なく。腕の良いお庭番も護ってくれておりますので、おっつけ掃討できるかと存じます」

ことも無げに勘九郎は応じた。

「いつものことは……」

「町奉行の頃から、祖父は日常的に命を狙われております。……まあ、大目付を拝命されてからは一層顕著になりましたが」

「そ、それはまことか？」

「役目柄、大名家の内情を把握することになります故、致し方ございませんな。……では、お見送りもできず恐縮ですが、お気を付けてお帰りくだされませ」

「い、いや……取り込み中に失礼いたした。勘四郎《かんしろう》……いや、正春《まさはる》殿によろしくお伝えくだされ」

「よろしくお伝えくださいませ」

老人と初老の親子は口々に言い、そそくさと去った。

二人が屋敷の外へ出るや否や、勘九郎は勝手口の戸を閉ざし、しっかりと閂《かんぬき》をか

ける。

しかる後、ゆっくり踵《きびす》を返すと、

「どういうことだ？」

そこに待ち構えていた三郎兵衛が渋い顔つきで問いかけた。

「そもそも、なんの騒ぎだ？」

「…………」

「刺客など、何処にもおらぬではないか」

「追っ払ってやったんだよ」

ニヤリと口許《くちもと》を弛《ゆる》めて勘九郎は言い、軽く肩を竦《すく》めてみせる。

「なに？」

「だって、祖父さん、あいつらのこと苦手《にがて》だろ」

「それはそうだが……」

ズバリと勘九郎に切り込まれ、三郎兵衛は容易《たやす》く口ごもる。

「酒飲んで、長居しそうだったろ。……黒爺も、いざとなると気が利かねえよな」

「お前、それであんな悪ふざけをしたのか？」

「悪ふざけじゃねえよ」

強い語調で勘九郎は述べた。

「じゃあなんだ？」

「祖父さんはこの屋敷の主人だ。主人の危機を救うのは家人のつとめだろ。……あんな奴らに乗り込まれて手も足も出ねえ祖父さんなんざ、見たくねえんだよ」

「たわけが」

苦笑を堪《こら》えつつ、三郎兵衛は舌打ちした。

「それならそうと、予《あらかじ》め儂に言うておけばよいものを……」

「祖父さんも一緒に驚いてるとこ見せたほうが、奴らも本気で怖がるだろうが」

「なるほど……」

遂に堪えきれず、三郎兵衛は噴き出した。

真っ青になって勝手口から逃げ出した二人の様子を思い出すと、今更ながら笑わずにはいられない。

（つたく、こやつはなんということを考えるのだ）

ひと頻《しき》り声をたてて笑ったあとで、

「しかし、お前一人で騒ぎを起こしたにしては、妙に臨場感があったのう」

三郎兵衛はふと勘九郎を顧みた。

襲撃が狂言であることは、身近に寸毫《すんごう》の殺気も感じなかったので容易に察せられた。だが複数の敵が刃を交える気配は確かにあった。勘九郎一人ででき得る芸当ではない。

「ああ、あれは桐野と堂神《どうがみ》に手伝ってもらったんだ」

「なに、桐野と堂神だと?!」

三郎兵衛は忽ち目を剝く。

「桐野が戻ったというのは本当なのか」

「ああ」

「堂神は、桐野が留守のあいだ呼ばれていたのであろう。何故桐野が戻ってからも当家におるのだ?」

「だって、面白ぇから」

「なに?」

「いちいち目くじらたてんなよ。いいだろ、別に。いてもらったおかげで、今日もこうして手伝ってもらえたんだし……」

「ったく……桐野も、あのような者を信頼するとは気が知れぬわ」

「そんなこと言うなよ。堂神、ああ見えて、結構いい奴なんだぜ。桐野のことが大好きだし――」

益体《やくたい》もない三郎兵衛の悪口を緩《ゆる》く躱《かわ》してから、

「だいたい、桐野に文句があるなら、桐野に言ってくれよ」

勘九郎は俄《にわか》に踵を返した。

すると、踵を返した勘九郎が数歩歩きだすのと入れ替わりに、

「一大事にございますーッ」

バタバタと駆け込んで来る者がある。

「殿ッ、一大事にございますッ」

黒兵衛だった。

「なんだ、騒々しい」

三郎兵衛があからさまに厭な顔をしているのに一向頓着しないのは、正真正銘慌てふためいているからだろう。

「麻生《あそう》藩のご使者と茂木《もてぎ》藩のご使者が、当家の門前にて殴り合いの諍《いさか》いを――」

「殴り合いだと？」

厳しい顔で、三郎兵衛は問い返す。

「どういうことだ？」

「日頃から仲があまりよろしくないようでして……」

「だからといって、わざわざ他家の門前で殴り合うことはないだろう。よい大人が、なにを考えておるのだ」

「正月故、少々聞こし召しておられるようで……」

「なに、酒をくらっておるのか」

「はい。互いに激しく罵り合われて……お供の者たちもすっかり手を焼いておる様子でございます」

「だから、何故そんなことになったのだ？　普通はそうなる前に止めるものだろうが」

「さあ……皆目見当もつきませぬが、このままでは刃傷《にんじょう》に及ぶやもしれませぬ」

「刃傷……松の廊下でもあるまいし、正月から刃傷など、冗談も休み休み申せ」

激しく舌打ちしつつも、三郎兵衛は直ちに玄関を目指して歩きだした。

門松の飾られためでたい門前を、正月早々血で汚されるなど真っ平だった。

三

「貴様、一体何処までついてくる気だ？」

「それはこちらの台詞《せりふ》よ。さっさと帰るがよいわ、この老い耄《ぼ》れめ」

「なに？　老い耄れは貴様のほうであろうが」

「おう、儂が老い耄れならば、さしずめ貴様は屍《しかばね》じゃのう。屍はとっとと墓の中に戻るがよい」

　言い合う声音が、門の中にまで筒抜けであった。どうやら、言い争っているだけで、未だ殴り合いにまで発展してはいないようだ。

「貴様こそ、儂の前からいますぐ消えろ」

「貴様は息の根を止めろ」

「なんだと！　その暴言、最早許せぬ」

「おう、許せねばどうするというのだ」

「こうしてくれるわ！」

　言うなり、一人の武士がもう一人の武士を突き飛ばした。

突き飛ばされて蹌踉《よろ》けた武士は、だが背後に控える従者に支えられ、

「なにをするかッ」

忽ち顔色を変えて摑みかかる――。

「この、野州《やしゅう》の山猿がぁッ」

「貴様こそ、常陸《ひたち》の田舎者ではないかッ」

それぞれの従者が背後から己の主人を羽交い締めしようと試みるが、それがなかなかかなわない。

ともに、尋常ではないくらいふらついているのだ。

(二人とも、相当酔っているようだな)

薄く開いた脇門の中から、三郎兵衛はそっと外の様子を窺った。

辻行灯《つじあんどん》に火の点《とも》る頃おいだ。仄明《ほの》かりが門前をぼんやり照らしている。

黒紋付きに仕立ての良い真新しい袴《はかま》を付けた壮齢の武士が二人、激しく揉み合っていた。

どちらが麻生藩の使者で、どちらが茂木藩の使者なのかはわからない。近づいて顔をよく見なければわからないが、二人とも、老い耄れという感じではなかった。ともに江戸詰が長いらしく、泥酔していても、お国訛《なま》りが漏れることもない。

「おのれえ、猪尾《いのお》ッ」

「雉子谷《きじたに》、貴様〜ッ」

「そもそも貴様ははじめから気に食わなかったのだ。今日こそ決着をつけてくれる」

「それはこっちの台詞よ」

「ならば、抜け、雉子谷ッ」

「おう！　いまこそ貴様を叩き斬ってやるぞ、猪尾ッ」

遂に、両者は向かい合い、刀の鯉口《こいぐち》を切った。

（雉子谷と猪尾というのか）

思うともなく、三郎兵衛は思った。

対峙し、いまにも刀を抜こうというところまできているのに、彼らのあいだには緊迫した空気が全く漂っていない。従者どもが互いの主人を掣肘《せいちゅう》できないのも道理で、彼らは彼らで、主人同様酒を喰らっているようだった。

「どういうわけだ？　供の者まで酩酊《めいてい》しておるようだぞ」

「大方、前のお屋敷で頂戴したのでございましょう」

背中から問われ、黒兵衛は即座に応じる。

「前のお屋敷だと？」

「朝一でお城にあがったとしても、この時刻までにはもう一、二軒まわっている筈でございます」

「なんだと？　他家で酒をふるまわれ、酔っぱらっていながら当家を訪れたというのか？　当家もなめられたものよのう」

「正月でございますれば、仕方ありませぬ。それに、殿ははじめからお会いになるつもりがないのですから、問題ないではありませぬか」

「もし気が変わって会うと言ったらどうするのだ。初対面の相手に酔っぱらって挨拶するなど、言語道断だぞ」

「正月ですぞ。大目に見てあげなされませ。殿は頭がかとうござる」

「…………」

「それより、当家でも、無下《むげ》に門前払いせず、正月の客には一献さしあげたほうがよいのではありませぬか？……松波家は吝嗇《けち》だと誹《そし》られまする」

「正月だからという理由だけで、何故縁もゆかりもない者に、酒をふるまわねばならんのだ」

三郎兵衛の返答はにべもない。

しかも、鯉口を寛《くつろ》げた二人がいまにも刀を抜かんとしているのに、一向に止める様

子がない。それ故、

「よいのでございますか、殿?」

ハラハラしながら黒兵衛は問うた。

「なにがだ?」

「ですから、止めなくても、よいのでございますか?」

「ああ、見ず知らずの者たちの血で門前を汚されるのは不愉快よのう。お前、行って、やるなら隣りの屋敷の前でやるように頼んでこい」

「え?」

「だから、当家の前から立ち去るように説得せい」

「そ、それがしが、でございますか?」

「そち以外に誰がおるのだ?」

「………」

「早く行け、黒兵衛」

「それがしが行って、聞き入れてもらえるとお思いですか?」

「そんなことはわからん。だが、言うことをきかぬようなら、『町方を呼ぶぞ』と脅せばよい」

「町方は、旗本屋敷の揉め事には口出しできませぬ」

「よく見てものを言え、たわけが。あやつらは、旗本屋敷の中ではなく、その門前にて揉め事を起こしておるのだぞ。市中の揉め事は町方の領分だ。大名家の者と雖《いえど》も、路上で斬り合いをいたさば、町方の詮議をうけることになる」

「…………」

「黒兵衛？」

何度も命じられているのに全く動かぬ黒兵衛をふと顧みて、三郎兵衛は戦《おのの》いた。

黒兵衛の姿が忽然と消えている。

(逃げたか)

臍《ほぞ》を嚙んでももう遅い。

黒兵衛は、いまでは概《おおむ》ね従順であるとはいえ、三郎兵衛の命《めい》にならなんでも無条件で従うわけではない。自分に都合の悪い命令——いまにも白刃を抜きはなって斬り合いに及ぼうという二人の武士を説得するなどという篦棒《べらぼう》な命には、到底従える道理がなかった。

そもそも、白刃と白刃のあいだに立つなど、普通の老人にとっては自殺行為にほかならない。

（しょうのないやつだ）

内心激しく舌打ちしつつも、三郎兵衛は仕方なく自ら脇門を出た。

「ええい、おのれらそこでなにをしておるのだッ。直参旗本・松波家の門前をなんと心得るかぁッ」

言いざま三郎兵衛は足早に歩を進めると、二人のあいだに割り入った。

が、二人の耳には届かない。

「抜け、雉子谷ッ」

「貴様も抜け、猪尾ッ」

口々に喚《わめ》き合っている上、泥酔している。酔眼朦朧として三郎兵衛が二人のあいだに立ったことすらろくに気づかず、未だ抜刀することもできない。

普段から抜き慣れていない証拠であろう。鯉口を寛げたきり、強引に引き抜こうとするばかりで、一向に埒《らち》があかない。

（確かに、こんなお粗末な奴らのあいだに入るのは危険だ）

刀に慣れていない者が勢いで刀を抜くと、うっかり周囲の者を斬ってしまったり、最悪の場合己の足など斬りかねない。

「ぬ、抜けた……」

一方が、なにかの加減でうっかり抜いて狂喜した次の瞬間、三郎兵衛はその者の鳩尾《みぞおち》を強《したた》かに蹴り上げた。

「うぶッ」

次いで、身を翻《ひるがえ》すと、まだ刀を抜こうともたもたしているもう一人の鳩尾にも拳をぶち込む。

「ごぉぐッ」

ともに悶絶し、その場に頽《くずお》れた。

「うぬら、そやつらをさっさと駕籠に乗せて屋敷へ戻れ」

呆気にとられる供の者たちに向かって三郎兵衛が怒声を放つと、

「ははーッ」

供の者らは弾かれたように一礼し、それぞれの主人の体を抱えて、言われたとおり、駕籠まで運んだ。

「御門前をお騒がせいたしまして、まことに申し訳ございませぬ」

三郎兵衛のことを、まさか当主本人とは思うまいが、その威厳ある物言いから、屋敷で最も偉い用人だと察したのだろう。

「このお詫びには、後日必ず伺います。どうか、おゆるしくださりませ」

礼を尽くして立ち去った。

門前を塞いでいた大名駕籠が二つ同時に去ったことで、あたりは俄に見晴らしがよくなる。

麻生と茂木の他にも、挨拶待ちの使者はいたのかもしれないが、巻き添えを食いたくないからであろう、既に立ち去っていた。

騒ぎを聞きつけた隣家の門番や小者が見物に来ていたようだが、三郎兵衛の姿を見るとそそくさと逃げ帰る。

それらの背を見送る三郎兵衛の口から、

「ったく、正月早々、とんでもないのに押しかけられたもんじゃ」

無意識にそんな愚痴が溢れ出たとき、

「まこと、とんでもないことでございます」

耳馴れた声音をすぐ近くで聞いた。

「桐野か？」

呼ばれるまでもなく、辻行灯の背後から浪人姿の桐野が現れる。小さな毛針のようなものを手にしているのを、三郎兵衛は見逃さない。

「なんだ、それは？」

眉を顰めて三郎兵衛が問うと、

「最前、暗がりの中から吹き矢で御前《ごぜん》を狙っている者が、複数おりました」

「なんだと！」

「毒でも塗られていればひとたまりもありませぬ。……一度に夥《おびただ》しい数を放たれれば、防ぎようはございませなんだ」

「如何にして防いだのだ？」

「吹き矢の筒の口をすべて、礫《つぶて》で塞ぎましてございます」

「………」

三郎兵衛は容易く絶句した。

吹き矢の筒をすべて礫で塞ぐのは、決して楽な仕事ではなかった筈だ。だが桐野はものともせずにそれをしてのけるだろう。

「大儀であった」

三郎兵衛は素直に労《ねぎら》った。

ところが、

「偶然とは思えませぬ」

桐野は真顔で、容易ならぬことを言う。

「すべてが、御前のお命を狙った罠でございます」

「まさか、麻生藩と茂木藩の使者もグルだというのか？」

「それどころか……」

「ん？」

「ご無礼を承知で申し上げますれば、ご親族の方々が本日おいでになったのも……」

「まさか！　それはあり得ぬ！」

三郎兵衛は思わず語気を強めたが、

「あり得ぬということは、あり得ないのでございます、御前」

桐野は淡々と言葉を継《つ》ぎ、三郎兵衛には返す言葉が見つからなかった。

「………」

「敵は、最早形振《なりふ》りかまわず御前のお命を狙いに来ておりまする」

「どうすればよいのだ？」

「わかりませぬ」

桐野の口調はどこまでも冷ややかだった。

その冷たさを、三郎兵衛は内心腹立たしく思ったが、さあらぬていで、

「まあ、折角の正月だ。一献酌み交わそうではないか」

心にもない言葉を吐いた。

桐野がそれをどう受け取ったかはわからない。戻って数日、三郎兵衛の前に姿を見せなかったのは、なにか理由があってのことだろう。その理由を、三郎兵衛は問い質《ただ》さねばならなかった。

四

「ご挨拶が遅れて、申し訳ございませぬ」

三郎兵衛の居間に来ると、桐野は恭しく頭《こうべ》を垂れた。

「いいから、まあ飲め」

三郎兵衛は酒肴の載った膳ごと桐野の前に押しやると、盃を手にとるよう強く促した。

「いえ、それは——」

桐野は当然難色を示した。

お庭番が、警護の対象者の前で飲食するなど、言語道断である。無論三郎兵衛とて承知の上で勧めていた。

「正月くらい、よいではないか」

「ですが――」

「敵の計画は失敗した。もう今宵はなにも起こらぬ」

苦笑を堪えて三郎兵衛が言うと、

「では、一杯だけ」

桐野は漸く盃を手にとった。

三郎兵衛が注ぎかけると、桐野は極めて優雅な所作でそれを干した。その所作にうっかり見とれた三郎兵衛はすぐ続けて注ごうとするが、

「一杯だけのお約束です」

桐野はそれを避け、盃を膳の上に伏せてしまう。

三郎兵衛は仕方なく己の盃に注ぎ、気まずげに干した。

しばし口を噤《つぐ》んだ後に、

「それで、そちは一体何処へ行っておったのだ？」

三郎兵衛は漸く問うた。

が、桐野はその問いにはすぐに答えずに、

「私の留守中、御前の許しもなく勝手に堂神をお屋敷に呼び入れましたこと、おゆる

しください」

深々と頭を下げた。

「ああ、そのことなら、もうよい。勘九郎は堂神と仲がよいようだしな」

「粗忽者《そこつもの》故、なにか粗相をしたのではないかと――」

「なにかしでかしておったら、今頃奴は息をしておるまい」

「…………」

三郎兵衛の言葉を聞くなり、桐野は無言で微笑《ほほえ》んだ。

眉一つ動かさずに殺戮を行えるその本性とは裏腹、菩薩《ぼさつ》の如き笑みだった。

「長崎《ながさき》に行っておりました」

それから桐野は、徐《おもむろ》に口を開いた。

「本来ならば、戻って直《す》ぐ、御前にご挨拶すべきところ、正月早々ではご無礼かと存じ、遠慮いたしておりました」

「つまらぬ気を使うな」

即座に言い返した三郎兵衛の声音は心なしか沈んでいた。明らかに気を使われているのがいやだったし、それ故に気分を害しているということを知られるのはもっといやだ。

「晦日であろうが正月であろうが、必要な話であればいつでも聞く」

いやだから、無意識に顔を背《そむ》けてしまう。

それから改めて、彼の問いに対する桐野の返答に反応した。

「で、長崎へはなにをしに行ったのだ？」

「噂を聞いたのでございます」

「どんな噂だ？」

「少し前……昨年の春頃からでございますが、《蓬萊屋《ほうらいや》》と名乗る商人が現れ、派手に商いをしているという噂でございます」

「その、蓬萊屋とやらに、なにか問題があるのか？」

「大ありでございます。長崎で異国人相手に商いをするのは、江戸や大坂で商いするのとはわけが違います」

「そうなのか？」

「はい。抜け荷ならば別でございますが、抜け荷であれば秘密裡に行われますので、噂になる筈もございません」

「まあ、そうだろうな」

「行ってみて驚いたのですが、蓬萊屋は、長崎会所にまで相当顔がきくらしゅうございました」

「なに、会所にまで？」

「或いは、長崎での商いはこの一年ほどのことではなく、ずっと以前より続いていたのやもしれませぬ」

「ふうむ」

三郎兵衛は少しく首を捻ってから、だが、さほど興味もなさそうな顔つきで問うた。

「それで、蓬萊屋の正体はわかったのか？」

「わかりませぬ」

「なに？」

三郎兵衛の顔つきが瞬時に変わる。

「わざわざ長崎くんだりまで出向いて、わからんのか？」

「はい、皆目見当もつきませぬ」

「まさか、長崎で遊び呆けていたわけではあるまいな」

「………」

苦言を呈されても、桐野の涼しげな顔つきは変わらない。

「だが、儂にはわかったぞ、桐野。蓬萊屋の正体は《尾張屋《おわりや》》吉右衛門《きちえもん》だ」

桐野は無言のまま、だがその瞬間息をひそめて三郎兵衛を見返した。

「お前もそこまではわかっておるのであろう？　だからこそ、わざわざ長崎まで出向いたのだ」

「…………」

「わからぬのは、《尾張屋》吉右衛門の正体だ」

桐野は答えず、目を伏せている。

三郎兵衛の言葉が的を射ている証拠であろう。

桐野を黙らせながらも、だが同時に三郎兵衛もまた、内心激しく動揺していた。

新年早々聞きたい名でもない上に、敢《あ》えて目を背けていた己の怠惰を目の前に突き付けられたような心地がする。

本来ならば、三郎兵衛自身が桐野に命じるべき案件であった。それを、己の心の瑕《きず》をこれ以上大きくしたくない一心で、敢えて避けてきたのだ。

その本心をすっかり桐野に見透かされているようで正直愉快ではなかったが、

「尾張屋の正体は儂にもわからぬ」

平静を装って言葉を続けた。

「だが、儂は近頃思うのだ。尾張屋の正体を、儂は既に承知しているのではないか、となな。お前たちは尾張屋の姿を見たかもしれぬ。だが儂は、奴の顔こそ見ておらぬが、話をしたことはある。いや、顔を合わせておらぬからこそ、奴は儂に向かって本音を吐いたような気がする」

「どのような話をなされました？」

「この世を、絢爛《けんらん》たる楽土にしたいそうだ。元禄《げんろく》の世のようにな」

「…………」

「あのときはまさかと思うたが、或いは奴は本気でそれを願っているのやもしれぬ。だが、元禄の世を知らぬ者が、どうやってそれを為すことができる？　であれば、奴は元禄の世を知っているということになる」

「しかし、元禄の世を知る者といえば、御前と同じ年頃の……」

「ああ、そうだ。元禄の世をよく知る者となれば、儂と同い年くらいか……或いは儂より年長の者でなくてはならぬ」

「なれど奴の年格好は……」

「人の見た目ほどあてにならぬものはない、ということは、そちも承知していよう」

桐野の言葉を三郎兵衛は強く遮《さえぎ》り、

「御意」

桐野は即座に肯いた。

いまは三郎兵衛の言葉に逆らうよりも、その話の先を早く聞きたい。

「うむ。つまり、尾張屋の見た目がどうであろうと、奴の本当の年齢が幾つであるかなど、我らに知り得よう筈もないということだ」

「そこまで仰有《おつしや》るからには、御前には既にお心当たりの者がおありのようでございますな？」

「はて、あるようなないような……」

と軽くはぐらかした後で、

「元禄の世に富を築いた商人で、その後世の変遷とともに財を失い、公儀に怨みをいだいておる者、となれば、自ずと知れるのではないか？」

三郎兵衛は真顔で言った。期せずして、桐野も思わず目を上げて三郎兵衛を見返した瞬間であった。

「商人なのでございますか？」

「ああ、商人だ」

「商人を装っているだけでは？……商人にしては、些《いささ》か大胆不敵に過ぎると思われまするが」

「いや、これまで尾張屋が陰で糸を引いていたと思われる数々の所業、到底武士の考えつくものとは思えぬ。なにより、尾張屋の基盤はその莫大な財力だ。商人でなくて、どうしてあれほどの金を生み出すことができようか」

強い語調で三郎兵衛は言い、一旦言葉を止めてから、再び問うた。

「で、他に何かわかったことはないのか？」

という短い問いには、わざわざ長崎くんだりまで行ったのだから、という言外の意が、たっぷりとこめられている。

「それが…妙な話を耳にしました」

「まさか、西国の主だった外様が大挙して江戸に攻めのぼるという計画ではあるまいな」

「ご存じでしたか」

桐野は珍しく驚いた顔をした。

桐野が驚いた、というそのことに、

「まさか、まことか？」

三郎兵衛もまた、顔色を変えた。

「長崎でもそんな噂がまことしやかに囁かれているとすれば、由々《ゆゆ》しき問題だな」

「長崎でも、と言いますと、まさか江戸でも？」

「町方に捕らわれた盗っ人が、漏らしたそうだ。おもに、江戸の悪党のあいだに広まっている、と思っていい」

「それは……」

「それがなにを意味するかわかるか、桐野？」

「西国の外様が蜂起するとともに、江戸でもなにか事を起こすつもりかと――」

「そのとおりだ」

三郎兵衛は肯き、自ら酒器を取って自らの盃に注ぎ、ひと息に飲み干した。

「大方、火付けを生業《なりわい》とする者を募っている、といったところだろう。厄介なことになりそうだ」

「見過ごしにはできませぬ」

「ああ」

表情を引き締めた桐野に対して、だが三郎兵衛はどこかうわの空だった。

昨日までは根拠のない与太話に過ぎなかった謀叛《むほん》の計画が、桐野が聞き込んできたことによって、俄に現実味を帯びてきた。

仲の悪い麻生藩と茂木藩の使者がときを同じくして当家を訪れたのも、日頃疎遠な三宅の兄と甥が訪れたのも、或いは桐野の言うとおり、偶然ではないのかもしれない。壮大な陰謀が三郎兵衛の身辺で蠢《うごめ》きはじめている。本来ならば、全力で阻止しなければならない。

だが、どこか本気で向き合えぬ自分がいる。

何故とはわからぬが、そこから目を逸らしたいと思ってしまう己の怠惰を、三郎兵衛は、「老い」かもしれぬと思い、ほんの少し戦慄した。

五

「なあ、桐野」

三郎兵衛の居間を辞去した後、勘九郎の起居する離れの外にぼんやり佇《たたず》んでいた桐野を、縁先に立った勘九郎が呼ぶ。

「お邪魔でございましたな」

「待てよ」

直ぐに立ち去ろうとするのを、勘九郎は呼び止めた。

「なんで、祖父さんに言わなかったんだよ」

「…………」

「尾張屋と会ったんだろ。いや、会ったどころか、祖父さんと俺を殺してくれって依頼されたんだろ」

「堂神めが喋りましたか。…あやつ、あのような外見をしておるくせに、口が軽くて困りますな」

桐野は足を止め、仕方なく勘九郎を振り向いた。口の端を僅かに弛めて微笑むような表情でいるが、その目はまるで笑っていない。月明かりが、人形のように白い面《おもて》を皓々《こうこう》と照らしていた。

「堂神を叱らないでくれよ。俺がしつこく聞き出したんだから」

「そもそもあやつが、若と馴れ馴れしく口をきいているということだけでも見過ごしにはできませぬ」

「そんなこと言うなよ。堂神を呼んだのはお前だろ」

「堂神の役目はこのお屋敷の警護。若と馴れ合っていては、その役目もろくに果たせませぬ」

「そんなことないのは、お前が一番よく知ってるくせに」

「…………」

「堂神のことは別にいいよ。いいやつだし、腕も立つ。尾張屋のことだって、別に口止めしてなかったんだろ」

「殊更《ことさら》口止めせずとも、余計なことは喋らぬのがお庭番のたしなみというものです」

「堂神はもうお庭番じゃないだろ。……そんなことより、なんで祖父さんに話さないのかって聞いてるんだよ」

勘九郎は少しく苛立った。

己が問い詰めているほうなのに、問い詰められている桐野は一向に平然としている。

本来、焦ったり苛立ったりすべきは桐野のほうなのに——。

「確かに、昨年霜月《しもつき》、《尾張屋》吉右衛門を名乗る男が私の前に現れ、『松波親子を葬ってほしい』とぬかしました。ですが、それがまこと、《尾張屋》吉右衛門であるかどうかは、誰にもわかりませぬ」

「だから、祖父さんに言わないのか？」

「不確かなことを御前のお耳に入れる必要はないと判断いたしました。必要があるとお思いでしたら、若からお伝えくださいませ」

僅かも表情を変えずに桐野は言い、いまにも踵を返そうとする。

「言わねえよ」

無愛想な能面に向かって、勘九郎は吐き捨てた。

「お前が自分から言わねえことを、なんで俺がわざわざ言う必要があるんだよ。そんな告げ口みてえな真似、してられっか」

「…………」

桐野は無言で口許を弛め、勘九郎はいよいよ苦い顔になる。

「けど、だったらお前は、なんで長崎に行ったんだ？」

「…………」

「尾張屋を、殺しに行ったんだろ？　本物だろうが偽物だろうが、殺しちまえば、報告する必要はなくなるからな」

桐野は無言で勘九郎を見返した。

日頃は放蕩息子の鑑《かがみ》のような顔をしているくせに、いざというとき、妙に鋭い。そんな勘九郎に一目《いちもく》置いている反面、小面《こづら》憎くもあった。

「祖父さんに、尾張屋と会ったことを報告したくねえから、だから尾張屋を殺しに行ったんだろ？」

「…………」

「だったらなんで、それを祖父さんに言わねえんだよ。平気で嘘ばっかりつきやがって。そういうの、いやなんだよ」

「若……」

「祖父さんに隠しとくつもりなら、なんで俺にだけ言ったんだよ」

勘九郎の言葉つきは、次第に弱々しいものに変わっている。

「私は言っておりませぬ」

という言葉を間際《まぎわ》で呑み込みつつ、桐野は内心呆れ返っている。

勘九郎にすべてを話したのは桐野ではなく堂神である。

だが、すべてを知る堂神を護衛として残して行ったのは、桐野の過失だ。なにがなんでも隠し通すつもりなら、堂神を松波家に近づけるべきではなかった。

堂神が喋ってしまう可能性を危ぶみながらも堂神を残して行ったのは、松波親子――実際には祖父と孫だが――の安全を最優先に考えたからにほかならない。

「一体、なにを焦ってんだよ」

「え？」

桐野ははじめて勘九郎の言葉に戦いた。果たしてこの若者は、どこまで見透かしているというのだろう。

「焦ってるから、間違うんだろ」

「…………」

「間違ったってわかったら、そこでやめろよ」

「な、なにを……」

柄にもなく桐野は慌てた。

勘九郎が一体なにを言い出すか、見当もつかない。

「いつもの桐野らしくないいんだよ。長崎に行ったまではいいとして、本当の目的を隠してるとか、嘘ついてるとか、全然桐野らしくねえ」

「私の……」

「え？」

「私の、一体なにをご存じだとおっしゃるのです」

桐野がつと不機嫌な顔になる。

「はて、いつもの私とは？……お庭番の私に、左様なものはあり申さぬ。お庭番は、常に務めに応じて己を変えてゆくものでございます」

「…………」

「私は、御当家の家人ではなく、御公儀のお庭番なのでございます。いつもいつも、御当家のためにだけ働いているわけではございませぬ」

「大目付の意向は御公儀の意向も同じだろ。祖父さんに従うことは、お庭番の本分にかなってる筈だ」

「確かに。なれど、お庭番はあくまで影の存在。表に出てはならぬのです」

「どういう意味だ？」

「《尾張屋》吉右衛門は、確かに私と堂神の前に姿を見せました。剰《あまつさ》え、己の味方になれ、味方になって御前と若を葬れなどと戯言《たわごと》をほざきました。そのとき私は思ったのです。もうこれ以上、御前とも若とも関わるべきではない、と」

「どうして？」

「御公儀の僕《しもべ》であり、本来影の存在であるべきお庭番を、尾張屋は人として扱っているのです。人と思えばこそ、金で意のままにできると勘違いしておるのでございます。敵にそう思わせてしまったとすれば、それは私の失策でございます」

「それは違うだろ。桐野が有能だから、尾張屋は大金を積んでも味方につけたいと思っただけのことだろ」

「ですから、それが間違っているのです」

桐野の表情は、いつしか、常のものに戻っている。即ち、血の通わぬ能面の表情に。

「我らに目が向けられている時点で、私は己の分を超えた働きをしていたにほかなりませぬ」

「そんなこと！」

勘九郎は思わず声をあげる。

「分を超えるとか、超えないとかって話じゃないだろ」

「いいえ、そういう話なのでございます、若」

桐野は淡く微笑んだ。

寛容な慈母の如き笑みであった。

「御前に、すぐご報告できなかったのは、或いは、あの折私は、尾張屋の術にかけられたのではないか、と懸念していたからです」

「術？」

「もし奴の術にかけられておれば、己にその意志はなくとも、御前と若のお命を狙うことになります。それ故、御当家から離れるよりほかございませんでした」

「そんなこと、あるのかよ？」

「ないとは言い切れませぬ」

桐野はすかさず言葉を継ぐ。

「だから長崎へ行ったのか？」

「御当家から離れているあいだ、せめて一矢報いてやろうと思うたのですが、奴を見つけることはできませんでした」

「桐野でも、見つけられないのか」

「はい」

「桐野でも見つけられないんじゃ、困った敵だな」

勘九郎は無意識に口走ったのだろうが、桐野の面上からは忽ち笑みが消えた。

何気ない言葉が、鋭く本質をついてくるのはいつものことだが、いまの桐野には最も言われたくない一言だった。三郎兵衛から、「長崎で遊び呆けていたのか」と叱責されるよりも、十倍つらかった。

第二章　秘された刃傷《にんじょう》

一

元日の新年登城の後、三郎兵衛が再び登城したのは、結局松がとれた十日過ぎのことであった。

松がとれても、二十四日の増上寺《ぞうじょうじ》御成《おなり》あたりまでは、城中でも城外でもさまざまな新年の行事が続く。

三日の御判始《おはんはじめ》の儀式にはじまり、同日夕刻からの御謡初《おうたいぞめ》、五日の馬召初《うまめしぞめ》、六日の寺社参賀、十日の弓場始《ゆみばはじめ》など、ほぼ連日のように行事は続く。

だが四日以降も、三が日のあいだに拝謁がかなわなかった大名小名《しょうみょう》の登城は続くし、せめて上野《うえの》御成や増上寺御成に随行しようと詰めかける旗本もいる。

本来、大目付のような要職にある者は、元日の謁見・祝賀だけでなく、毎日登城し、すべての行事に参加すべきなのだが、

「大目付としてのお役目は、すべてそれがしにお任せくだされ」

という稲生正武《いのうまさたけ》の言葉に甘えてしまった。稲生正武の精勤さを、このときほど有り難く思ったことはなかった。

御神君の甲冑の櫃《ひつ》が開かれ、縁起のいい歯朶具足《しだぐそく》と御神君の太刀が黒書院の床の間に飾られた十一日の五つ過ぎ、三郎兵衛は具足に拝礼するため登城した。

人の出入りは甚《はなは》だしいが、将軍家にはなかなか拝謁できぬ者でも、具足には割と気軽にお目にかかれる。

具足に拝謁した後は、それぞれの詰め所に行き、同輩たちと新年の挨拶を交わす。

正月のあいだはどの部屋にも多少の酒肴がふるまわれるため、それを楽しみに登城する者も少なくない。

(城内で裃《かみしも》を着て、見たくもない奴の顔を見ながら飲んでなにが楽しいんだ)

と思いながらも、その見たくもない顔を前にすると、三郎兵衛もいつしか口が軽くなる。

十一日ともなると、さすがにもう酒は出ないが、素面《しらふ》であっても三郎兵衛の口はよ

くまわった。

「正月の三日から、人の屋敷の前で童《わらべ》の如く言い争ったかと思えば、摑み合いの果てに刀まで抜こうとして。……いざとなると、満足に刀も抜けぬがな」

憤慨する口ぶりながらも、三郎兵衛の口調がどこか楽しげであることは、当然稲生正武にも伝わっていた筈だ。

「それは、正月早々災難でしたな」

三郎兵衛の話を聞き終えると、稲生正武は一応紋切り型の返事をした。

但し、話のあいだじゅう、文机の上の冊子に目を落としたままだったから、ちゃんと聞いていたかどうかは疑わしい。

（どうせ聞き流していたのだろう）

三郎兵衛が疑っていると、その心中を察したのか、更にスラスラと言葉を継ぐ。

「麻生藩の江戸家老・雉子谷主水《もんど》と茂木藩江戸家老・猪尾縫殿助《ぬいのすけ》の仲の悪さは、城中にも聞こえておりますからな」

「そうなのか？」

三郎兵衛は思わず問い返した。

例によって、小藩の江戸家老の名まで把握していることに内心舌を巻いている。

「江戸屋敷が、隣り合っているのでございます。……確か、小石川《こいしかわ》の、水戸《みと》様の御屋敷の近くでありましたか」

「だが、何故だ？」

「なるほど！」

三郎兵衛は一応納得した。

領地のことで啀《いが》み合っているという話はよく聞くが、屋敷が隣り同士で仲が悪いという例はあまり聞かない。

「そもそも、麻生と茂木の仲の悪さは、いまにはじまったことではございませぬ。十年来と聞き及んでおります」

「何故それほど仲が悪いのだ？　屋敷が隣り合っているくらいで仲が悪くなるなら、殆《ほとん》どの藩が険悪になるぞ」

「詳しいことは存じませぬが」

と断ってから、

「確かに、雉子谷と猪尾がほぼ同じ時期に江戸家老となり、江戸屋敷住まいとなったことは、元々仲のよくなかった両藩にとって、不幸な巡り合わせではありましたな」

充分に詳しそうなことを、稲生正武は言った。

「雉子谷と猪尾は同じ時期に江戸家老となったのか？」

「はい。おそらく、歳のほうもほぼ同じ歳くらいではないかと――」

応えつつ、稲生正武はゆっくりと顔をあげて三郎兵衛を見返す。

「なにがあったのだ？」

三郎兵衛は更に問うた。

「ほぼ同い年で、同じ時期に江戸詰となり、屋敷も隣り同士となれば、寧《むし》ろ仲良くなるのではないのか？」

「普通に考えればそうでしょうが、あの二人の場合は、出会い頭《がしら》の不幸な出来事がございました」

「不幸な出来事？」

「十年以上前のことでございますから、真偽のほどは定かではありませぬが」

と、なお用心深く断りを入れた上で、

「相手の家老就任の祝いに、雉子谷は隣家の茂木藩邸に鯛《たい》を贈り、その返礼に、猪尾から麻生藩邸には清酒が届けられたそうでございます」

稲生正武はすらすらと話しだした。

「ところが、鯛も清酒も、ともに腐っていたそうでございます」

「なに？」

「以来、両家……というより、雉子谷と猪尾の仲は最悪となりました」

「まさか、そんなことでか？」

「互いに、相手の家老昇進を呪って腐れものを贈ったと思い込んでしまったのでしょう」

「わざとか？」

「え？」

「本当に、相手を呪ってわざと腐れものを贈ったのか？」

「それはわかりませぬ」

と肝心なところで稲生正武は首を振る。

「まさか、いい大人が、わざと腐ったものを贈るなどという嫌がらせをするものか。もししたとすれば、それ以前に、なにか余程気に障《さわ》ることがあったのだろう」

「そうかもしれませぬな」

稲生正武の態度は極めて冷淡だった。

自分に興味のない話題になると忽《たちま》ちそうなるのはいつもの彼の癖だ。

三郎兵衛は心得ているから、もうそれ以上、稲生正武からなにか聞き出すのは無理

だろうと諦め、そろそろ芙蓉之間《ふようのま》を辞去しようと腰を上げかけると、

「麻生藩の藩祖・新庄直頼《しんじようなおより》は、そもそも豊臣《とよとみ》家の家臣であり、関ヶ原では当然西軍に加担しておりました」

意外にも、稲生正武は再び口火を切る。

「新庄直頼?」

三郎兵衛は当然問い返した。

「吉利支丹《きりしたん》大名の高山右近《たかやまうこん》が太閤に追放された後、摂津高槻《せっつたかつき》城の城主となった者にございます。御神君とも旧交があったらしく、西軍に加担しながらも許されて会津《あいづ》に移封されるだけですみました。剰《あまつさ》え、慶長《けいちょう》九年には御神君から直々に召し出され、常陸八郡の麻生に領地をたまわりました」

「御神君に気に入られていたということか?」

「さあ、それはわかりませぬが、少なくとも、茂木藩の藩祖である細川興元《ほそかわおきもと》にしてみれば、不公平に思えたやもしれませぬ」

「細川興元?」

三郎兵衛は今度もすかさず問い返す。

「豊前小倉《ぶぜんこくら》藩の藩祖・細川忠興《ただおき》公の弟御でございます」

「わかっておる。細川家も関ヶ原では西軍についたではないか」

「ために細川家は減封され移封され、奇しくも新庄直頼が常陸麻生に領地をたまわった同じ年、熊本《くまもと》に転封されたのでございます」

「転封されたとはいえ四十万石の大身だ。文句はあるまい」

「もとより、御本家の当主である忠興公に文句などある筈がございません。ですが、弟君の興元公はどうでしょう？」

「どう…とは？」

「細川家は、元々室町《むろまち》将軍家の管領を務めた家柄。畿内《きない》から地方に移されるだけでも屈辱なのに、一族と離されて北関東の田舎に移封でございますぞ」

「…………」

稲生正武の語気の強さに圧倒され、三郎兵衛は容易く言葉を呑み込んだ。

「同じく関ヶ原で帰順した外様でありながら、かたや新庄家は減封すらなく新たな領地をたまわった。細川家の当主は、新庄直頼を羨《うらや》み、妬《ねた》んだものと思われます」

「では両家の確執は、藩祖の時代からのものということになるではないか。……慶長の頃からと言えばなかなかの遺恨だ。いつ刃傷《にんじょう》におよんでもおかしくないぞ」

「それがしは別に、確執とまでは申しておりませぬ」

「では一体なにが言いたいのだ？」

三郎兵衛は焦れた。

「確執とまではゆかずとも、一方が一方をよく思わずにおれば、その感情はいずれ先方にも伝わりましょう。伝われば、当然先方も相手を嫌うようになりまする。人と人とが仲違《なかたが》いをするのに、たいした理由は必要ないということでございます」

「それはそうだが……」

三郎兵衛は容易く口ごもり、それ以上は返す言葉が見つからなかった。

稲生正武が長々と両家の由来について語ったことにさほどの意味はなく、因果の元など、どこにでも転がっているものだと言いたいのだろう。そのとおりであった。

世の中には目と目が合ったというだけで摑み合いの喧嘩をはじめる輩《やから》もいる。

人が人を好きになるにはそれなりの切っ掛けや理由が必要だが、嫌いになるにはさしたる理由も必要ないのだろう。

「ところで松波様――」

黙り込んだ三郎兵衛に、稲生正武はふと声をおとし、口調を変えて再び言葉を継ぐ。

「四日の夕刻、菊之間《きくのま》で起こった刃傷沙汰については、なにかお聞きになっておられますか？」

「刃傷だと？」

「お声を小さく――」

三郎兵衛が驚くと、稲生正武は目顔で厳しくそれを制する。

いつもは二人以外に出入りする者のない芙蓉之間にも、今日はチラホラと人影がある。と言っても、少し前までいた勘定奉行二人が飲んだ茶碗を茶坊主が下げに来たに過ぎないので、待つほどもなく、じきに立ち去る。

「それで、誰と誰が刃傷におよんだのだ？」

茶坊主の足音が完全に廊下の果てに消え去るのを待ってから、三郎兵衛は問い返した。

室内はいつものとおり、二人きりだ。

「わかりませぬ」

「わからぬ？」

「しかとはわかりませぬが、その翌日五日の早朝になって、播州《ばんしゅう》安志藩《あんしはん》江戸家老の福山大膳《ふくやまだいぜん》なる者が急な病にて命をおとした、との報告がございました」

「どういうことだ？」

「おそらく、城中にて既に息絶えていたのを隠して藩邸まで連れ帰り、病で死んだことにしたのではないかと思われます」

「刃傷を隠すためにか？　だが、刀創《かたなきず》を負っていれば、血が流れた筈だが」

「そこは上手《うま》く隠したのでございましょう」

「隠そうとて、そう上手く隠せるとは思えぬが。……で、相手は誰だ？」

「わかりませぬ」

「その日福山大膳とともに菊之間に詰めていたのは誰だ？　調べればすぐにわかるだろう」

「菊之間に誰が詰めていたかがわかったところで、なにがあったかを知るのは難しいかと存じます」

「まあ、正直に話すとも思えんからな」

同意する一方で、だが三郎兵衛はふと首を傾げる。

果たしてこれは、目の色変えて犯人を捜し出すべき案件なのか？

城中にて刃傷に及べば、理由の如何を問わず、切腹だ。正月早々、それでは忍びないから、事実を知る者たち全員で隠し、犯人を庇おうとしているのではないのか。

三郎兵衛とて、正月早々、誰にも腹など切らせたくはない。

「残念ながら、死人《しびと》を出しているのです、松波様」

すると、三郎兵衛の心中を易々と察して稲生正武は言う。

「もしこれが、二人とも軽い怪我程度ですんでいたなら、正月でもありますし、それがしも、躍起になって犯人捜しをしようなどとは思いませぬ」

「わからぬではないか。城中ではさほどの怪我ではないように見えたのかもしれん。それほど深手とは思わず、命に別状はないと判断したからこそ、他の者も手を貸したのかもしれぬ」

「しかし、死にました」

「藩邸で死んだのだ。城中ではない」

「死んだことに変わりはございませぬ」

「…………」

「それに、一対一でやりおうたとは限りませぬ」

「え？」

「或いは、菊之間にいた者全員で福山大膳を殺したのかもしれませぬ」

「小なりとはいえ、福山は譜代の家老だぞ。何故菊之間の者全員から殺されねばならぬのだ？」

「仮に、の話でございます。なにが起こったのかわからぬ以上、あらゆる可能性を想定せねばなりませぬ」

「では想定してみろ。下城の際、福山が深手を負うか、或いは既に事切れていたとすれば、福山を城外まで運び出すために、大手門《おおてもん》の外に控えていた安志藩の家臣らの手も借りねばならぬ。安志藩の家臣が、何故主人を傷つけたか、殺したかした憎い仇《かたき》の言いなりになる？」

「何故とはわかりませぬが、なんらかの事情があったのでございましょう。安志藩の者たちが、仇に協力せねばならぬ事情が――」

「だから、その事情とは一体なんだ？」

「ですから、それを突き止めたいのでございます、松波様」

「儂《わし》が？」

「貴方様以外に誰がおられると言うのですか！」

「…………」

稲生正武の強い語気に、三郎兵衛は少しく気圧《けお》された。

「やむにやまれぬ事情があってのことかもしれませぬし、事情を知れば、我らとて無下《むげ》に断罪するのは忍びなくなるやもしれませぬ。然《さ》りとて、途轍もない不正が行われた可能性もあるのでございます」

「……」

「それでも松波様は、真実を有耶無耶《うやむや》にしたほうがよいと思われますか？」

「そんなことは思うておらぬ」

三郎兵衛は慌てて言い返す。

言い返すと忽ち、自らの言葉に呑まれ、

「わかった、次左衛門《じざえもん》、うぬがそこまで言うのであれば、真実を突き止めようではないか。……そうでなければ、正月早々不慮の死を遂げた福山大膳も浮かばれまい」

「それでこそ松波様でございます」

腹が立つほど大仰に感心して見せてから、

「万事、松波様にお任せしておけば間違いございますまい。何卒《なにとぞ》よろしゅうお願いいたします」

深々と頭を垂れた稲生正武を、このとき三郎兵衛は茫然と見つめ返すしかなかった。

(やられた……)

臍《ほぞ》を噛んでも、もう遅い。

稲生正武が周到に張りめぐらした罠に、まんまと嵌《はま》ったと認めたくない三郎兵衛には、もうそれ以上口にすべき言葉はなかった。

二

菊之間は、三万石以下の譜代大名・大番頭・書院番・小姓組番の番頭や組頭などが詰める座敷である。

書院番を務めたことのある三郎兵衛も、何年か詰めた。元々は、三万石以下の譜代大名が上様への謁見を待つあいだの控えの間として設けられた座敷であった。

しかし、三万石以下の譜代大名が登城して将軍に拝謁を乞うことなど、実際には滅多にない。あるとすれば、正月の謁見待ちが唯一の機会なのだが、三万石以下の小藩と雖《いえど》も、譜代は譜代である。大抵大広間での一斉謁見に参加できるため、菊之間で待たされることは殆どなかった。

但し、待たされる小名もいるにはいるし、藩主以外の家老や留守居役の者ならば、十中八九待たされる。控えの間には牢名主のようにふてぶてしい旗本たちがいて、居心地が悪いに決まっている。

安志藩の福山も、蓋《けだ》し居心地は悪かったであろう。それでも、江戸家老として、正月の参賀にはなんとしても将軍家に拝謁しようとの意気込みで登城したのかもしれない。

平素から菊之間に詰めている書院番組頭や小姓組組頭などは、必ずしも行儀のよい者ばかりではない。

三郎兵衛が詰めていた頃も、己も含めて、あまりガラの良くない部屋という印象が強かった。些細なことから諍《いさか》いが起こるのも珍しくはなく、酒が入れば摑み合いなども屢々《しばしば》あったが、さすがに刃傷沙汰に発展することはなかった。誰も、些細なことで切腹したくはないのだ。

だが、もし万一起こったとしても、部屋の者たち全員でそれを隠そうとするならば、できないことはないだろう。菊之間の中で起こったことは、その場に居合わせた者しか知り得ない。居合わせた者たちで口裏を合わせればいい話だ。

だからこそ、今日まで公にされてはいないのだ。

「それが何故、お前の耳に入ったのだ、次左衛門」

責任をもって真実を突き止めると約束させられたあとで、だが三郎兵衛は改めて稲生正武に問うた。

やると決めた以上、聞くべきことは聞いておかねばならない。だが、

「お庭番から知らされました」

事も無げに、稲生正武は答えた。

三郎兵衛は改めて、その日も城内にいた稲生正武に対して、口には出さずに感謝した。

「たまたま菊之間のそばに居合わせたお庭番が、『菊之間に異変あり』と報せてきたのでございます」

「異変を知りながら、何故すぐに菊之間を見に行かなかったのだ？」

「それほど暇ではございませぬ」

「なに？」

「それがしは、正月の振る舞い酒をめあてに登城しているわけではありませぬ」

と言われてしまうと、三郎兵衛には返す言葉がなかった。

大手門から内堀の外まで大名行列が大渋滞する正月の三が日、大目付の仕事は山ほどあることだろう。正月の行事が面倒だという理由で登城を避けた己を、三郎兵衛は激しく恥じた。

「言ってくれれば、儂も登城したものを……」

三郎兵衛が小声でこもごも述べると、

「菊之間に異変が起こることを予《あらかじ》め承知しておりましたなら、そうしたかもしれませぬが、なんの根拠もなく松波様をお呼び立てするなど、到底できるものではございませぬ」

画《え》に描いたように慇懃無礼《いんぎんぶれい》な口調で稲生正武は答えた。

（こいつ、ぶん殴りたい）

という欲望を懸命に堪えつつ、

「ところで、例の噂は聞いているか？」

抑えた口調で三郎兵衛は問うた。

本来真っ先に口にすべき話題を、今頃漸《ようや》く思い出したのだ。

「例の噂、とは？」

「西国の外様が……」

「ああ、そのことでございますか」

言いかける三郎兵衛の言葉を早々に遮って、稲生正武はゆるりと微笑《ほほえ》んだ。三郎兵衛にとっては、まさしくぶん殴りたい類《たぐい》の笑みである。

「その類の噂は、昨年暮れより、多くのお庭番から寄せられておりますな」

「そうなのか？」

三郎兵衛は意外そうな顔をした。昨年から耳に入っていたなら、何故教えてくれなかったのか。

「西国の外様が一斉に蜂起すると同時に、江戸で事を起こし、市中を火の海にした上で江戸城を襲う、というものではございませんか？」

「まあ、そういうものだ」

三郎兵衛は内心の不満を隠し、気まずげに同意するしかない。

「それがしの密偵は、松波様がお使いになられる者ほど有能ではないかもしれませぬが、相応の力量はそなえております」

「では、そちは儂が知るよりずっと前からこのことを知っておったのか？」

「知っておりましたが、それがなにか？」

「儂はつい最近知ったぞ」

とは言わず、三郎兵衛は一旦口を閉ざして呼吸を整えてから、

「いやに落ち着いておるではないか。もしまことであればなんとする」

極力抑えた口調で述べた。

「まことであれば、由々《ゆゆ》しき問題でございますな」

稲生正武は少しく眉を顰《しか》めつつ、さも面倒くさそうな言葉つきになる。

「そうだ。由々しき問題だろう」

「ですが、ただの流言《りゆうげん》でございますな」

「流言？」

「はい。根も葉もない噂を流して敵を動揺させる目的の流言飛語《ひご》に相違ございませぬ」

「何故根も葉もないと言い切れるのだ？」

「西国の外様というだけで、具体的な藩名があがっておりませぬ。松波様のほうにはあがっておりまするか？」

「い、いや、具体的には……」

三郎兵衛は再び気まずげに口ごもる。

「それに、外様同士が結託するなど、先ずあり得ませぬな。あいだを取り持つ者でもあれば別ですが」

「取り持つ者がいたかもしれぬではないか」

「仮に取り持つ者があったとしても、馴染みの薄い外様同士のこと、相談が纏《まと》まるまでにはときがかかりましょう。それまでにお庭番が藩名を探り当て、一網打尽《いちもうだじん》でございます」

「そ、そうか……」

「しかし、なにも知らぬ愚民どもの耳に入れば、徒《いたずら》に不安を抱き、怯《おび》え騒ぐことになりましょう。困ったものでございます」

「ああ、困ったものだ」

一旦は調子を合わせたが、

「では、何者が流言を放ったと思う？」

ふと思いつき、三郎兵衛は問うた。

「さあ、何処の誰とは存じませぬが、大方世を乱して己が利を得たいと願う輩でございましょう」

「…………」

稲生正武の返答は簡潔であったが、これ以上納得のいく答えは他になかった。それ故、もうそれ以上、三郎兵衛の口にすべき言葉もなかった。

三

書院番組頭の一人、黒沼《くろぬま》勝左右衛門《しょうざえもん》からは、その日のうちに話を聞くことができた。

「福山殿は、あの日は朝からずっと加減が悪そうで、早く帰られたほうがよい、と何度もお勧めいたしました。まさか、亡くなられるほどお悪かったとは……こんなことになるなら、押さえつけてでも、お帰りいただくべきでございました」

さも気の毒がる口調で黒沼は言うが、細く切れ上がった目の中には人の不幸を喜ぶ酷薄さが隠れていることに、三郎兵衛ははじめから気づいている。

年の頃は四十半ば。三郎兵衛が書院番になったのもそれくらいの頃だから、さほど出世の早いほうではない。三郎兵衛に対して大いに畏まる様子を見せてはいるが、口の端に時折皮肉な笑みが滲むのを決して見逃しはしなかった。

(油断のならぬ奴だ)

と三郎兵衛は思った。

その日、菊之間に詰めていた者たちの顔ぶれを訊ねると、

「もう一人の書院番組頭の細田仙十郎《ほそだせんじゅうろう》、小姓組組頭の河井幹之介《かわいみきのすけ》、同じく神山式部《かみやましきぶ》、それに御譜代の…佐貫《さぬき》藩と飯野《いいの》藩の江戸家老…佐々木《ささき》殿と新野《にいの》殿と言われましたかな。滅多に顔を合わせることのない方々なので、しかとは覚えておらず、申し訳ございませぬ」

まるで問われることを予め承知していたかの如くスラスラと言ってのける。譜代の

江戸家老の名をさもうろ覚えのように装ったのも、計算のうちであろう。もとより、あまり立て板に水では疑われるであろうと用心してのことだ。

ただ、三郎兵衛にとって意外だったのは、その日福山大膳以外に二人も、譜代の小藩の家老が菊之間に詰めていたことである。

(同じ立場の者がいたので、日頃は居心地の悪い菊之間に居座れたのかな)

内心首を傾げつつ、三郎兵衛は、黒沼の口から名の上がった細田、河井、神山の三人にも同じことを問うてみた。

三人の口からは、当然判で押したように同じ答えが返ってきた。

彼らが示し合わせていることは明白であったが、譜代の家老に訊問するにはわざわざ上屋敷を訪ねねばならない。

非番の日以外はほぼ毎日登城して来る旗本と違い、大名家の者は用もないのに登城して来たりはしない。面会するにはわざわざこちらから訪ねて行かねばならない。

(しかし、そうなると、他に譜代の家老が二人いたという話も、疑わしくなってくるのう)

三郎兵衛が、面倒がって大名家には行かぬと踏んでのことだとすれば、益々もって不遜な連中である。

菊之間に居合わせたのが旗本だけとなると、馴れ合いの旗本同士で口裏を合わせている感が強くなると踏んでのことだろう。名を使われた譜代も、どうせ連中に抱き込まれているか、なにか弱味でも握られているかで、言いなりになっているに違いない。

(小狡《こずる》い奴らめ、いまに見よ。すべて暴いてやるからのう)

思いつつ、三郎兵衛は、その日は真っ直《ます》ぐ帰途についた。


平服に着替えた三郎兵衛が居間に入ってまもなく、当然のように桐野が来た。

三郎兵衛が促さずとも、静かに話しだす。

「先日御門前を騒がせた麻生藩と茂木藩の者たちのことですが、特に企みがあってのことではなく、互いに鉢合わせしたのもただの偶然らしゅうございます」

「暗がりの中から儂を吹き矢で狙っていた、という者たちは?」

「その者たちの正体は未だわかりませぬ」

「当たり前だ」

とは言わず、三郎兵衛は不機嫌に黙り込む。

城中での稲生正武の言葉をそっくり桐野に叩きつけてやりたいが、さすがにそれは大人げないという自覚はある。それ故、間際《まぎわ》で呑み込んだ。

「ほかになにかわかったことは？」

辛うじて呑み込みながら、三郎兵衛は問うた。

「例の謀叛《むほん》の件でございますが――」

「え？」

「江戸と長崎どころか、どうも全国に広まっているらしゅうございます」

「流言であろう」

極力感情を押し殺した声音で三郎兵衛は言い放った。折角大人の分別でその件には触れずにいてやろう、というこちらの温情を無視する桐野に、少なからず腹を立てている。

だが、そんな三郎兵衛の心中など知る由もない桐野は一向《いっこう》涼しげな顔つきで聞き流し、

「流言かもしれませぬが……」

言いかけて、少しく口ごもる。

「なんだ？」

心中の忌々《いまいま》しさなど瞬時に忘れて、三郎兵衛は問い返した。桐野がそういう表情をするのは、相当重大な報告があるときにほかならない。これまでのつきあいの中で、

三郎兵衛はそれを確信していた。

「故意に流言をばらまいた者が、その裏でなにをしようとしているのか、気になります」

「…………」

三郎兵衛は無言で桐野を熟視した。

白粉《おしろい》でも塗っているのかと錯覚するほど白い貌《かお》は、淡い灯に煽《あお》られ、まるで能楽に用いる小面《こおもて》のようだった。

「お前には、わかっているのではないのか？」

小面の無表情を注意深く観察しつつ、三郎兵衛は問う。

「確信はありませぬが……」

「言うてみよ」

「江戸の旗本と、関八州あたりの小大名を取り込むつもりなのではないかと……」

「なに？」

「外様の兵力をあてにせずとも、すぐに兵を募れる関八州の小大名を押さえておけば、いつでもお城を狙うことができまする」

「外様ではなく、譜代や旗本を取り込もうとしている、というのか？」

「譜代の小藩も旗本も、台所事情は厳しいかと――」

「容易く買収されると申すか？」

「容易いかどうかはわかりませぬが……」

「確かに、貧乏小名や貧乏旗本は容易く金にころぶかもしれぬが、如何に関八州の大名家であろうと、武装した兵士を御府内に連れ込むことなどできはせぬ」

「外から連れ込まずとも、お屋敷のうちにて兵を養うことは可能でございます」

「………」

三郎兵衛は一旦口を閉ざしたが、

「だが、江戸周辺の大名は殆どが親藩か譜代だ」

一瞬後、口辺に苦笑を滲ませつつ言い返した。

「如何に金に窮していようと、取り込めるわけがなかろう。外様なら兎《と》も角《かく》、親藩も譜代も、徳川家との縁は深い。旗本にいたっては、言語道断じゃ」

更に言葉を付け加えた。

「そうで…しょうか」

桐野が遠慮がちに伺うと、

「そちらお庭番は、御当代様とともに紀州《きしゅう》より江戸入りしたのであろう」

三郎兵衛はどこか嬉しげに言葉を継いだ。

「はい」

「我ら旗本は、御神君が江戸城に入られた天正《てんしょう》の頃より、江戸におる。徳川家なくして我ら旗本はなく、旗本なくして徳川家はないのだ。わかるか？」

「…………」

「親藩・譜代も同じ。徳川家を裏切るなど、あり得ぬわ」

「左様で…ございますか」

桐野は一瞬なにか言いたげな顔をしたが、結局なにも言わなかった。

「何か言いたげだな」

「いいえ、なにも――」

三郎兵衛に水を向けられても、一度口を閉ざすと決めた桐野は頑《かたく》なだった。その頑なな表情が気に食わない。それ故、

「桐野らしくないのう」

三郎兵衛はつい口にしてしまってから、少しく己の軽口を悔いた。

桐野らしくない、そう言えるほど、己は桐野を知っているといえるのか。もし、

「はて、私らしさとは？」

桐野に問い返されたらどうしよう、と内心焦った。が、もとより桐野は問い返したりはしない。

それ故三郎兵衛は、

「ところで話は変わるが――」

問われる前に話題を変えた。

「一月四日の菊之間の件、聞いておるか？」

「はい、多少は――」

「どう思う？」

「詳しいことはわかりませぬが、はっきりしているのは、書院番組頭の黒沼勝左右衛門をはじめ、あの者たちは皆、若年寄に賄賂《わいろ》を贈って組頭の地位を得た札付きの悪《わる》だということでございます」

「なに、若年寄に賄賂だと！」

「なれど、福山大膳の急死がなにを意味するのかまでは、わかりませぬが」

「悪擦れした旗本どもによる譜代苛《いじ》めではないのか？」

「そう単純な話ではないかと……」

桐野の話は煮え切らぬものだったが、いまの三郎兵衛にはそれで充分だった。

「では、調べてもらえるか？」

「はい」

桐野は薄く頷《うなず》き、ゆっくりと顔をあげたときには、例によってその姿は三郎兵衛の前から消えている。遠くで足音がして、それが三郎兵衛の居間に向かっていると察した故だろう。

桐野が黙って去ったことで無意識にホッとしている己に、三郎兵衛は戸惑った。当初の頃と変わらず、未だに桐野が苦手《にがて》であった。

四

三郎兵衛が愛宕下《あたごした》にある安志藩の上屋敷を訪れたのは、その翌日のことである。

一応大目付としての訪問なので微行《しのび》というわけにはゆかず、紋服を身に着け、中《ちゅう》間《げん》に仕立てた銀二《ぎんじ》を伴った。

「なんで若を連れていらっしゃらねえんです？」

「勘九郎には内緒だ」

「内緒ですか？」

「ああ、内緒だ」

　さすがに城中の秘事を勘九郎に知られるわけにはいかない。事の全容が見えてくれば何《いず》れ力を借りることもあるかもしれないが、いまはまだなにも知られたくなかった。

「お前は口が堅い」

「あんまり買い被《かぶ》らないでくださいよ」

　駄目押しのような三郎兵衛の言葉を、銀二は苦笑いで受け流した。

「自信がねえから、なにも聞きませんよ」

　と銀二は言ったが、その口の堅さには、三郎兵衛は全幅の信頼をおいている。

　安志藩は一万石そこその小藩である上、領地も分散していて収益が乏しいため、その藩邸は上屋敷とは名ばかりの簡素なものだった。

　江戸家老が急死したばかりの屋敷内は当然浮き足立っており、そんなところへ大目付が訪れれば、一層の混乱をもたらすことになるのは目に見えていたが仕方ない。

　命を落とした福山大膳が一方的な被害者だと決まったわけではない以上、安志藩に対する圧力もある程度は必要だった。

「大目付さまにわざわざおいでいただくとは、恐縮でございます」

　おそらく、江戸家老に次ぐ身分の者だろう。黒紋服の武士は玄関まで出迎え、恭《うやうや》しく平伏した。

「そなたは？」

「安志藩留守居役・後藤帯刀《ごとうたてわき》にございます」

玄関口まで三郎兵衛を出迎えた四十がらみの武士は、そう名乗った。その顔に血の気はなく、声音も僅かに震えている。

安志藩にしてみれば、大目付の訪れも不幸の延長としか思えないだろう。用があれば使者を遣わして呼び出せばよい立場にある者がわざわざ自ら足を運ぶのは、もとより顔を合わせたこともない江戸家老の弔問のためではなく、なにかを探るために相違ない。

少なくとも、安志藩側はそう思っていよう。

「御家老が急死され、ご内室もお世継ぎもさぞや心細い思いをなされておられよう。お察しいたす」

とってつけたような三郎兵衛の言葉も、全く響かぬようだった。

「それで、大膳殿の御遺体はどちらに？　先ずは線香をあげさせていただこう」

仕方なく、青ざめて怯えた顔の後藤帯刀に向かって言い放つと、

「え？」

三郎兵衛の問いに、後藤は目に見えて狼狽した。

「御遺体だ。一藩の御家老が亡くなられたのだ。弔問客は少なくあるまい」

「そ、それは……」

「折角参ったのだ。御遺体と対面させていただこうか。残念ながら、生前はお目にかかれなかったがのう」

「………」

「どうした？　そのほう、顔が青いぞ。どこか具合でも悪いのか？」

「い、いいえッ」

激しく頭《かぶり》を振ってから、

「福山の御遺体は…す、既に、荼毘《だび》に付しましてございます」

遂に後藤は答えてのけた。

答えると顔をあげ、恐る恐る三郎兵衛を見返す。

「なんだと？」

三郎兵衛は甚だしく顔色を変えた。

「荼毘に付しただと？　何故だ？」

全く予想していなかったわけではないから、三郎兵衛は意図的に激しく驚愕してみせた。相手を戦《おのの》かせるのに必要な詐術だ。

「も、申し訳ございませぬッ」

三郎兵衛の驚愕に後藤帯刀は恐縮し、再び平伏した。平伏した背中が、いきなり冷たい水でも浴びせられたが如くガタガタと激しく震えていた。

播州安志藩は、豊前小倉藩主である小笠原《おがさわら》家の分家であった。

播磨《はりま》龍野《たつの》から豊前中津《なかつ》へと転封されながらも、八万石を賜っていた。元禄《げんろく》十一年に突如所領を没収され、中津に転封、四万石に減封された。

減封されても家名が保てていればそれでよかった。

ところが、享保元年、不運にも世継ぎの長邕《ながさと》が六歳で夭折《ようせつ》してしまう。

安志藩はそもそも小倉藩小笠原家の分家である。分家は、本家の血筋を途絶えさせぬために存在するが、逆に分家が廃《すた》れそうになったときには本家から養子を迎えることもある。このときは分家の養子に入れるような血縁者がなく、安志藩は再び領地を没収されてしまった。

然《しか》るに、本家の小笠原家になにがしかの功績があったのか、或いは吉宗の気まぐれか。

享保二年、改めて縁《ゆかり》の者に家名を継がせ、播磨・宍粟《しそう》・佐用《さよ》・赤穂三郡《あこうさんぐん》のうちに一万石を賜り、安志に陣屋を築いて居所とした。

それが、現在の安志藩である。

つまり、吉宗の代になって家名と家禄を取り戻した安志藩は、吉宗に対する恩を疎《おろそ》かにしてはいないはずだ。

そういう経緯を、三郎兵衛は稲生正武に聞いている。だから、安志藩に対する先入観もなければ、余計な疑いを抱いてもいない。

それ故、

「何故、荼毘に付したのだ？」

という問いは当然の疑問であったし、断じて安志藩の陰謀を疑うものではなかった。

少なくとも、その時点では——。

「な、何故と言われましても……荼毘に付さねば、故郷の菩提寺に弔《とむら》うことができませぬ」

安志藩留守居役の後藤帯刀は、三郎兵衛の問いに至極まともに返答した。

当然だ。別に疑わしいところはなにもない。ただ、答える後藤帯刀の体から小刻みな震えが消えず、顔色も青ざめきっていること以外は——。

それ故三郎兵衛は、更に問わねばならなかった。

「茶毘に付すにしても、些《いささ》か早過ぎるのではないか？　いまの季節であれば、十日かそこいらそのままにしたところで遺体が傷《いた》むことはあるまい」

「も、もとより、福山は若年にて身罷《みまか》りました故、国許《くにもと》の妻子が来るまでは遺体を保存し、ひと目なりと死に顔を見せてやりたいと思うておりました。な、なれど……」

「なれどどうして、こんなに早く茶毘に付したのだ？」

「な、なれど、やむを得ず……」

問い詰められて、後藤は次第に言い淀み、口ごもってゆく。

三郎兵衛は一層追及せねばならない。

「もしや、誰かに唆《そそのか》されたのか？　早々に茶毘に付さねば、御当家に禍《わざわい》が降り掛かりますぞ、とでも？」

「め、滅相も…ございません！」

「ではなんだ？　うぬの判断か、後藤？」

「い、いいえ……」

と頭《かぶり》を振る後藤のうろたえぶりは、尋常ではなかった。

（これでは疑ってくれと言わんばかりではないか）

三郎兵衛は内心呆れ返りつつ、

「では、一体誰の差し金だ？」

「………」

厳しくたたみ掛け、後藤帯刀は完全に言葉を失った。ここまでくれば、後藤はもうおちたも同然だった。

だが、後藤をおとす寸前で、三郎兵衛はふと思い返し、突くべき矛先を変えてしまった。

「ちょっと待て、後藤――」

それは、三郎兵衛にとって、気になりすぎる言葉であった。

「はい？」

後藤は当然不思議そうな顔をする。

「いましがたそちは、『福山は若年』と申したな？」

「は、はい、申しましたが……」

「若年というのは、福山大膳が年齢《とし》のことか？」

「はい」

「幾つだ？」

三郎兵衛の問いに、後藤は一瞬間逡巡した。というより、なにを問われているのか、本当にわからなかったのだろう。

「大膳の年齢は幾つだったのかと訊いておるのだ」

焦れた三郎兵衛の語気が荒くなると、

「に、二十一でございます」

再び怯えた顔つきで後藤は答える。

「二十一だと？　馬鹿なッ」

三郎兵衛は少なからず驚かされる。

「何故それほど若くして、家老職に就いたのだ？」

「お父上が急死なされたのです。……小次郎《こじろう》殿…いえ、大膳殿は一人息子でありました故」

「家督は継ぐとしても、二十一で家老は些か早かろう。周囲の反発はなかったのか？」

「御先代が急死されたのですから、仕方ありません。勿論《もちろん》、小次郎……いえ、大膳殿の年齢を理由に、江戸家老の職はしばらく他の者に任せたほうがよいのではないか、という声が全く聞かれなかったわけではございません」

「そうであろう。当然だ」

三郎兵衛は大きく頷いてから、

「では、そういう藩内の声を、どうやってつぶしたのだ？」

更に問う。

「そ…れは……」

後藤はさすがに困惑したが、三郎兵衛は一向かまわず言葉を継ぐ。

「先代が急死して家督を継いだからといって、家老の職まで継ぐのは無謀だ。藩主ならば、若年の嫡子が継いでも、家老をはじめ周囲の助けでなんとかなるが、肝心の家老が若年では、藩政がたちゆくまい」

「いいえ」

つと、後藤の顔つきが一変した。

「小次郎殿は、国許でも、幼い頃より《鳳凰《ほうおう》の雛《ひな》》と呼ばれた逸材でございます。藩校明倫堂《めいりんどう》はじまって以来の秀才と、藩の誰もが認めておりました」

顔つきどころか、語調までもが一変していた。呼び慣れた「小次郎」の名を、元服後の大膳と訂正することもいつしかやめている。

「ですから、小次郎殿が江戸家老の職を継ぐことに反対する者など、藩内には殆どおりませんでした」

「しかし、そちはいま、大膳の年齢を理由に江戸家老の職はしばらく他の者に任せたほうがよいという声があがっていた、と――」

「小次郎殿が江戸家老を継ぐのに反対されたのは、主に御本家の長老がたでございます」

「なに？　本家というのは、小倉藩のことか？」

「はい」

「斯様《かよう》に遠方の本家とのあいだに、つきあいがあるのか？」

「それは…一応御本家ですから」

「如何に本家とはいえ、小倉藩の長老が、分家の人事にまで口を出すのか？」

「もとより、当家にては一蹴《いっしゅう》いたしました。他のことならいざ知らず、福山小次郎ほど才ある人物は、赤穂三郡のどこをさがしてもおりませぬ」

「そうか。それほどの人物であったか」

後藤の語気に多少気圧されつつも、三郎兵衛は頷いた。

（それにしても、二十一とは若いのう……）

孫の勘九郎より若いということに、胸が痛んだ。

「それほどの人物であれば、一度はお目にかかってみたかったものよのう」

決してお愛想でも何でもなく、心から三郎兵衛は述べた。

人の見かけはあてにならないとはいうものの、後藤帯刀が二十一より若いということはあり得まい。年長者から手放しで褒められるような人物は、それだけで充分信用に値する。

そんな優秀な人材を失ってしまった安志藩に対して、三郎兵衛は手放しの同情を禁じ得なかった。もとより、早過ぎる荼毘についても、それ以上追及する気もすっかり失せている。

結局、上屋敷の一室に設けられた仏間で線香を上げて手を合わせただけで三郎兵衛は同屋敷を辞去した。

疑うべきは矢張り口裏を合わせて三郎兵衛を欺《あざむ》こうとしている菊之間の旗本連中だということを確信しながら。

五

その夜福山大膳は供の者に脇を支えられ、青ざめた顔で屋敷に戻った、という。

すぐに出入りの医者を呼ぶべきであったが、福山は「呼ぶな」と頑なに拒否した。本人が如何に拒もうと、呼ぶべきであった、と後藤帯刀は言ったが、呼べるわけがないことくらい、三郎兵衛にもわかっている。

もし城中でうけた刀創などがあるなら、医者に診せるわけにはいかないからだ。福山大膳はおそらく自らの死を覚悟していたのだろう。もし城中での刃傷が露見すれば、安志藩とてただではすまない。喧嘩両成敗が御神君以来の祖法なのだ。その祖法を曲げて一方だけを贔屓《ひいき》すれば、何れは無念を抱いた遺臣団が仇の屋敷へ討ち入ることになる。

安志藩の者たちはそれを承知の上で、福山大膳の死の真相を隠しているのだ。

もしなにも知らぬのであれば、福山が如何に拒もうと医者も呼んだだし、幕府への届け出も、「病死」とはしなかったであろう。自藩の家老が不審な死を遂げれば、その真相を知ろうとするのは当然だ。知るからこそ、隠そうとする。

(ともあれ、既に福山が死んでいる以上、安志藩にはもうこれ以上累《るい》が及ばぬよう、注意深く探らねばならん)

そんなことを思いながら三郎兵衛が城に続く堀端を歩いていると、

「卒爾《そつじ》ながら――」

不意に声をかけられた。

殺気はない。それ故、間合いのすぐ近くに寄られるまで気がつかなかった。

中間役の銀二は、既に先に帰している。

三郎兵衛が無言で振り向くと、立っていたのは小柄な初老の武士である。

「大目付、松波筑後守様とお見受けいたします」

「貴殿は？」

「これは失礼仕《つかまつ》りました。それがし、安志藩勘定方曽根孫兵衛《そねまごべえ》と申しまする」

「安志藩の勘定方？」

少しく首を捻《ひね》ってから、

「勘定方の曽根殿が、なんの御用でござろうか？」

三郎兵衛は問い返した。

問い返したときには、相手をすっかり見極めている。

年の頃は、見た目どおりならば六十そこそこ。白髪でなければ、幼童かと錯覚するほど身の丈も低く、手足も小さい。一見、孫と戯《たわむ》れる好々爺《こうこうや》のような笑みを満面に滲ませていながら、なにか違和感を覚えるのは、それが詐《いつわ》りの笑みにほかならないからだった。その笑みは、底意のない好々爺の笑みなどではなく、明らかに、大目付に媚びるための笑みだった。

「本日は、当家の福山のためにわざわざお運びをいただきまして……」

「前置きはよいから、用件だけ言ってもらおうか」

「…………」

とりつく島もない三郎兵衛の態度に、曽根はさすがに気圧されたようだ。一瞬愛想笑いが面上から消え、だがすぐに気を取り直して、

「実は、折り入って松波様のお耳に入れておきたいことがございまして……」

擦り寄る感じで距離を詰めてくる。

「だから、なんなんだと聞いている」

少しく後退《あとずさ》りながら三郎兵衛は言い返した。

「立ち話もなんでございますから……」

「どうするというのだ？」

「差し支えなければ、そのへんの縄のれんにでも……」

「悪いが、儂は初対面の者と気軽に酒を酌《く》んだりはしないのだ」

「え？」

「立ち話がいやなら、歩きながら話されるがよかろう。屋敷に着くまでのあいだ、話

を伺おう」

「…………」

「おいやかな？」

「い、いえ……」

背中から短く問うて歩きだした三郎兵衛のあとを、曽根孫兵衛は慌てて追った。小柄で歩幅の狭い曽根孫兵衛にとって、三郎兵衛の歩みについて行くのは至難の業であったが、曽根は必死でついて行った。すぐに息が切れてしまい、話すのも困難であったが、必死で話した。

だが、曽根の話を聞くうち、三郎兵衛の足もいつしか緩んでいたようだ。

おかげで曽根孫兵衛は、三郎兵衛が屋敷に帰り着くまでのあいだに、話したいことをすべて話し終えることができた。

六

「どうだ、よく見えるだろう？」

と堂神から念を押されるまでもなく、勘九郎はその景観を満喫していた。

道灌山《どうかんやま》で一番高い杉の木の枝に登ると、西には富士山《ふじさん》、東には筑波山《つくばさん》を望むことができる。夕日に映える名山の山影は見事に美しい。

日暮里新堀村《にっぽりしんぼりむら》、佐竹右京大夫《さたけうきょうだいぶ》抱屋敷《かかえ》裏にある高台は、古くから道灌山と呼ばれ、江戸の名所の一つになっていた。一説には、江戸城を築いた太田《おおた》道灌の出城があったとも言われている。

日頃は、虫の音を楽しんだり、薬草を摘んだりする者たちが出入りしている。

「今日は天気がよいからな」

「ああ、まさか富士山と筑波山を同時に拝めるとはな……」

「違う、違う、そうじゃねえよ」

すると堂神は、忽ち不機嫌な声を出した。

「そっからなら、全部見えるだろ?」

「え?」

「廣小路《ひろこうじ》の人混みとか、日本橋《にほんばし》のあたりとか、江戸じゅうの人の動きがひと目でわかるだろ」

「………」

「ほら、四ッ谷《よつや》の大木戸見てみろよ。行商人を装ったお庭番が出てくところだぜ」

「見えるわけないだろうがッ」

勘九郎は思わず声をあげた。

「見えないのか？」

堂神は真顔で問い返す。

「見えないよ。見えるわけないだろ」

「じゃあ、お城はどうだ？　お城の大手門はよく見えるだろ」

「どう目を凝らしても、お城の天守閣がやっとだよ」

勘九郎は答え、枝から飛び降りて地面に立った。

降り立つとき、足下《あしもと》が揺らいでグラつくと、すかさず堂神が支えてくれる。万力のようなその腕っぷしに、勘九郎は少なからず狼狽《うろた》えた。

「ここから、四ッ谷の大木戸だの廣小路の人混みが見えるお前の能力を、誰もが持ちあわせてるわけじゃねえんだぜ」

「そうなのか」

「だからぁ、お庭番と俺たちとじゃ、全然違うの」

「どう違う？」

「ここから大木戸は見えないし、廣小路の人混みの会話も聞こえないんだよ」

「廣小路の会話は、いくらなんでも聞こえねえよ」

と多少の困惑顔を見せてから、

「あんたがしつこく言うから、連れて来たんだろうが」

堂神はその場についた錫杖《しゃくじょう》の九輪《くりん》を指先でつッと鳴らした。

髪が伸び、近頃摂生しているのか、顔も体も少しく締まってきたようだ。である以上、托鉢僧の身なりよりは、修験者の衣裳のほうがよく似合うのではないか、と思うのだが、果たして桐野はそのあたりの指示を一切与えないのだろうか。

「ここから桐野を見てて、あいつが現れたんだろ？」

「あいつとは？」

「いい加減、覚えろよ。《尾張屋》吉右衛門、通称《吉《きち》》だよ」

「ああ、吉か」

堂神は不得要領に頷いた。

「正確には、ここから師匠を見てて、刺客が師匠を狙ってるのが見えたから、慌てて追いかけたんだよ」

「追いかけた？　何処へ？」

「あれ、違ったかな？　ここから師匠が見えたんで、あとを尾行《つ》けたんだっけかな？

……そしたら、師匠のあとを尾行けてる野郎がいて、それで……」

「それで？」

「でも、師匠ははじめからなにもかも知ってて、俺に、あとから来る奴らを片付けろ、って。だから、片付けた。百姓のなりをした奴らが全部で七人いたっけな？　師匠も十人くらい片付けたかな。そのあとで、あいつが現れたんだ」

「あいつって、吉か？」

「ああ」

「じゃあ、尾張屋はここに現れたわけじゃねえのか？」

「ここは俺のお気に入りの場所だよ。はじめから、そう言ってるだろうが」

「だったら、尾張屋が現れた場所へ連れてってくれよ」

「あんた、師匠を見かけた場所へ連れて行けって言ったじゃないか」

「だってこの前は、桐野を見つけた場所に尾張屋も現れたみたいな言い方したじゃないか」

「どうでもいいこたあ、よく覚えてねえんだよ」

「どうでもいいことじゃないだろ」

「わかったよ。連れてけばいいんだろ」

と渋々歩きだすものの、

「ええと、あのときは大木戸に向かってる師匠を見つけたんだっけ？」

自問しながら、堂神は頻《しき》りに首を捻っている。

「あんたの屋敷から出て来て、しばらく市中を歩いたあとで、大木戸に向かった筈なんだが……」

「お前には、それ全部見えてるのか？」

「だいたいわかるんだよ、師匠のことは」

「すごいな」

堂神の半歩後ろをついて行きながら、勘九郎は半ば本気で感心していた。

一途《いちず》に人を慕う気持ちとはどういうものか、僅かながらも知った気がした。

第三章　暗い澱《よど》み

一

「それで、その勘定方の者はなんと申したのでございます?」

稲生正武はやや身を乗り出し気味に問い返した。

今日の芙蓉之間は、いつもどおり、三郎兵衛と稲生正武の二人きりだ。茶坊主が寄りつくこともない。

「悪口だ」

「え?」

「死んだ福山大膳の悪口だ」

「なんと!」

「まったく、よい年をしてあきれたものだ。福山大膳こそは、己の才を恃《たの》みとし、若くして傲慢不遜《ごうまんふそん》、年長者への敬意などかけらもなく、大人たちからは嫌われれていた。蓋《けだ》し、菊之間の方々からも嫌われていたに違いない、とな。……己の藩の家老を、それも、死者を悪《あ》し様に言うなど、言語道断だ」

「しかし、その曽根なる者は、何故松波様のお耳に斯様《かよう》な悪口など入れたのでございましょう?」

「大方、嫉妬であろう。幼き頃より《鳳凰の雛》と讃《たた》えられ、その才を謳われた大膳に対する嫉妬にほかならぬ。年寄りが若者に嫉妬するとは、醜いものよ」

「なるほど嫉妬には相違ございますまいが、ただそれだけでわざわざ大目付に告げ口するとは途方もない阿呆でございます。なんの目的もなく、無駄口を叩くとは思えませぬ」

「ああ、それなら、言うに事欠いて、福山大膳は謀叛《むほん》を企んでいたなどとぬかしておったわ」

「謀叛ですと?」

「ああ、迂闊《うかつ》に謀叛などと言い立てて藩に累《るい》が及べば、己とて無事ではすまぬというに、愚かな奴よのう」

「なるほど」

「なんだ？」

稲生正武の納得顔を、三郎兵衛は奇異に感じた。

「安志藩江戸家老の福山大膳に悪い噂があったことは事実でございます」

「なんだと！」

三郎兵衛は忽《たちま》ち顔色を変える。

「どんな噂だ？」

「破落戸《ごろつき》同然の者と連《つる》んで密かに高利貸しを営み、荒稼ぎしているとか。……大方、老中連中にでもばらまく賄賂《わいろ》に使うつもりだったのでしょう」

「おい、そこまでわかっていながら、野放しにしておったのか」

「その程度のことなら、どこの藩でもやっておりますからな。いちいち取り合ってはおられません」

表情すら変えずに稲生正武は応じ、三郎兵衛は言葉を失った。

「だとしても、せめて儂《わし》の耳には入れておくべきだろう。菊之間の件を話したときに
「……」

「あくまで、噂でございました故」

稲生正武の言葉と態度に、三郎兵衛はムッとした。元々いけ好かない奴だが、近頃の言動には目に余るものがある。

「そもそも貴様は、福山大膳が弱冠二十歳そこそこの若僧だということも黙っておったな」

「なにか問題がございますか？」

「え？」

「福山大膳の年齢をお伝えしていなかったことが、なにか問題でございますか？」

「…………」

逆になにが問題だ、と言わんばかりの顔で問い返され、一瞬絶句したものの、

「大いに問題だ。福山大膳などというから、てっきり壮年の男だと思うではないか」

気を取り直して三郎兵衛は言い返した。

「だいたい二十歳の若僧が大膳などと大仰な名を。家中の者も、裏では小次郎と通称で呼んでおったぞ」

「わかりませぬなぁ。福山大膳が二十歳の若僧だったことの、なにがそれほど問題だというのでございます」

だが、稲生正武は一向《いっこう》意に介さない。

「貴様には人の情というものがないのか。弱冠二十歳の男と、五十過ぎの中年男がともに命を落としたとして、同情されるのは二十歳の男であろう。五十の者に対しては、若い身空で……とは思わぬからのう」

「益々わかりませぬ」

稲生正武は緩《ゆる》く首を振りながら言う。

「松波様は、命の重さに違いがあるとお考えなのでございますか？……若い者と年寄りの命とでは、それほど価値が違うとでもお思いなのですか？」

「…………」

鋭く問い詰められて、三郎兵衛は容易《たやす》く言葉を失った。完全に三郎兵衛の失言だった。

稲生正武の言は正しく、命の重さに違いがあるのか、というその言葉に、正直三郎兵衛は感動すらおぼえた。

己の過《あやま》ちを自覚した三郎兵衛が少しく黙り込んでいると、

「確かに、安志藩江戸家老・福山大膳に悪い噂があるのと同様、旗本の黒沼らにも悪い噂はございます。ですが、それを事前に知ったところでなんになります？」

稲生正武は畳み掛けてきた。

「先入観をもって調べにのぞめば即ち目が曇るだけのことではございませぬか」

「そ、それはそうだが……」

「現に松波さまは、福山大膳が若年であったとお知りになっただけで、大膳を被害者と決めつけ、すっかり安志藩贔屓《びいき》になっておられる」

「儂がいつ、安志藩贔屓になったというのだ？」

「安志藩贔屓でなければ、福山大膳贔屓と申しましょうか？」

「推参《すいさん》なり、次左衛門ッ」

三郎兵衛は遂に激昂した。

「その物言いは、無礼であろう。儂を見くびるにもほどがあるぞ」

「そうでしょうか？　少なくとも、松波様は福山大膳が若くして落命したことに同情しておられましょう」

「悪いか。同情したからどうだというのだ。若くして死んだ者を悼《いた》むのは当然だろう」

「誰の死であれ、人の死は悲しゅうございます。なれど、非命にして命を落とした者は皆、善人でございまするか？　では、逆に長らえておる者は極悪人でございますか？」

「誰もそんなことは言っておらぬ。人の言葉を曲解するな」

「まこと、曲解でございましょうか？」

「当たり前だ。儂は、いたって公平だ」

懸命に言い返したものの、その語気からは少しく力が抜けている。

失言を鋭く指摘されて、すっかり気力が萎えてしまった。

「ならばよろしいのですが」

と手許《てもと》の冊子を閉じながら稲生正武は一旦言葉を切り、

「正月四日、菊之間にてなんらかの異変があり、その未明、或いは翌日、譜代の江戸家老が急死した。それが、我らの知る唯一の事実でございます」

再び顔をあげると、怖れげもなく三郎兵衛を正視した。

普段は三郎兵衛に対して辞を低く接しているが、その本性は酷薄な能吏だ。時折それを思い知らされる。

「わかっておる」

「それがしが松波様にお願いいたしましたのは、それ以上の事実を明らかにしていただくことでございます。殺した側、殺された側、どちらが正しいかなどを知る必要はございませぬ」

「くどいぞ、次左衛門ッ」

三郎兵衛は語気荒く返答したが、それ以上は言葉が続かなかった。悔しいが、なにからなにまで、稲生正武の言うとおりであった。

「こう申してはなんですが、松波様のように直《す》ぐなご性分の御方には、一方に肩入れするなというほうが無理な相談だったやもしれませぬな」

「なにをぬかすか」

顔を背けながら三郎兵衛は言い、

「いまに、うぬが目を回してひっくりかえるような事実を摑んでやるわ」

言い終えてからも、二度と稲生正武の顔を見ようとはしなかった。それでも、

「そう願いたいものですな」

稲生正武の低い呟きはしっかりその耳に届いている。

(おのれ、いまにみよ)

心中密かに、拳を握りしめる思いであった。

(次左衛門め……)

下城する頃になっても、三郎兵衛の腹の虫はおさまらなかった。

大手門を出たところで、いやな奴が待ち伏せしていると知り、更に暗澹《あんたん》たる気分に陥《おちい》った。

慇懃無礼《いんぎんぶれい》な笑み、酷薄そうな目つき。相手のすべてがいまは、

（どう見ても、嘘吐きで人殺しの貌《かお》だ）

としか思えなかった。

視線の手前で深々と頭を下げてから、黒沼勝左右衛門はゆっくりと近づいてくる。

「なにか、御用かな？」

相手が足を止める前に三郎兵衛は問い、足を止める気はない意志を示す。

「実は——」

だが黒沼は意に介さず近づいてきて、

「福山大膳殿のことで、内々にお耳に入れたいことがございます」

三郎兵衛の耳許《みみもと》で、さも意味ありげに囁いた。

三郎兵衛が、一月四日の菊之間のことを調べはじめてから、十日ほどが経っている。その間、三郎兵衛は黒沼の部下である書院番の番士たちからも話を訊いている。見た目どおり、ろくでもない人間であることは、うんざりするほど聞かされた。今更なにを聞かされようと、黒沼の口から漏らされた言葉を信じる気はない。

「一月四日のことなら、先日充分聞かせてもらった。これ以上、なにも聞くことはない」

黒沼は「福山大膳のこと」と言ったのに、三郎兵衛はわざと、「一月四日のこと」と言い替えた。黒沼への拒絶をそういう形で言い表したつもりだったが、果たして通じなかったのか、

「まあ、そう仰有《おつしや》らず――」

黒沼は一層馴れ馴れしい態度になり、三郎兵衛のすぐ後ろをついてくる。三郎兵衛にはその一挙手一投足が煩わしい。

「お耳に入れておいて、決してご損はないかと存じます」

見え透いた作り笑いといい、まるで女衒《ぜげん》の為様《しざま》であった。

「要らぬ。あの件はもう終《しま》いだ」

三郎兵衛は背中から言い捨てるが、黒沼はなお諦めない。

「お、お待ちを……どうかお待ちを、松波様」

(こやつ――)

袂《たもと》を摑んで引き戻しかねない黒沼の勢いに内心辟易しながら、

「しつこいぞ」

極力感情を抑えた声音で三郎兵衛は応じた。

「安志藩江戸家老の福山大膳は、急な病で一月五日の未明に身罷《みまか》られた。……この事実を否定したところで、誰も得をせぬ」

「…………」

三郎兵衛にきっぱり言い切られると、黒沼勝左衛門はさすがに少しく怯んだようだ。

そもそも、三郎兵衛の反応が己の予期したものと違っていたことに、内心戸惑っていたのだろう。

さすがに一瞬間絶句し、しかる後に、

「福山殿は、病死ではございませぬ」

思いつめた口調で黒沼は言った。

「なにを言っておる。福山大膳はその日朝からとても具合が悪そうだったと、そのほうが申したのではないか」

「あ、あれは嘘でございます」

「なんだと？」

黒沼の告白に対して、三郎兵衛ははじめて怒りの色を露わにした。

「貴様、大目付の取調《とりしらべ》に嘘詐《うそいつわ》りを申したかッ」

「ど、どうか、お許しを！」

三郎兵衛の剣幕に、黒沼は平謝りに謝った。

「仕方なかったのでございます。……これには深い事情がありまして……」

最前までの慇懃無礼な様子はなく、本気で恐縮している様子だった。当然だろう。

大目付を本気で怒らせたらただではすまない。

「ま、まことに、ご無礼を……どうぞお許しくださいませ」

「どういう事情だ？」

「え？」

「深い事情とは、どんな事情だ？」

「お、お聞きいただけますか？」

「ああ、聞いてやるから、話せ」

こともなげに三郎兵衛は言い、歩みを止めることはない。

黒沼勝左右衛門は慌ててそれを追うが、小走りかと思うほど歩みが早いため、なかなか近づけず往生した。

「どうした、黒沼？」

追い着くだけで精一杯の黒沼に、背中から問うが、答えはさっぱり返ってこない。

「儂に聞かせたいことがあるのではなかったのか？」

「いえ、その……」

黒沼勝左右衛門はきまり悪げに口ごもる。

「どうした、黒沼？　訊いてやるから早く話せ、と言っておるのだ。それとも、またしても儂をたばかっておるのか？」

「で、ですが……」

「貴様、顔が青いな？」

三郎兵衛は少しく足を弛《ゆる》め、小さく黒沼を顧みる。

「腹でも痛いのか？」

「い、いいえ、滅相もございませぬ」

「ならば、とっとと話せ。なにを勿体《もったい》ぶっておるのだ」

「しかし、なにぶん、内密を要する話でございます故、何処か場所を改めまして……」

「これは妙なことを聞くものだ。内密を要するかどうかは儂が決めること。そのほうは、ただ話せばよいのだ」

三郎兵衛は促すが、黒沼は依然沈黙している。

黒沼のその様子を見るに及んで、三郎兵衛は黒沼の意図を察した。

「では、何処でなら話せるというのだ？」

心中ニヤリとしながら、三郎兵衛は問うた。

「ご無礼を承知で申し上げます。それがしの屋敷においでいただけないでしょうか？」

「貴様の屋敷だと？」

「いぶせき住まいではございますが……」

「本気か？」

「はい」

「馬鹿か、貴様は」

「え？」

「こういうときは、通常、吉原《なか》の揚屋にでも一席設けるべきであろうが」

「…………」

「誰が貴様の屋敷になど行くか、たわけめ」

「ま、松波様」

「別に儂は、貴様の話など聞かずとも困らぬからのう。……どうしても聞いてほしくば、一席設けてから、出直して参れ」

言い捨てると、一途に足を速めてしまった。

こうなればもう、黒沼が三郎兵衛に追い着くことはかなわない。

黒沼勝左右衛門は、茫然とその矍鑠《かくしゃく》たる後ろ姿を見送るしかなかった。

二

黒沼勝左右衛門を振り切ったところで、わかり易く刺客が来た。

勿論、身近に殺気を感じ取った、という意味だ。実際に目の前に現れたわけではない。

だが三郎兵衛はその殺気の唐突さにある意図を感じた。

(なるほど。黒沼の誘いは、こいつらと繋がっていたわけか、おのれ、腹黒い蛇め……)

底の浅いカラクリが透けて見えると、忽ち嬉しくなってくる。

(大目付を暗殺しようとは、だいそれたことを思いつくものよのう)

楽しい気分のままで、少しも弛めず歩を進めた。自ら殺気に向かって行く。

殺気を察したところから、約十間ほど先は外堀の一石橋《いっこくばし》だ。三郎兵衛はまもなくその袂に達する。

人を伏せるのにもってこいのところだが、どうやらそこに人影はないようだった。

三郎兵衛の予想はやや外れた。

人を伏せているのは橋の袂ではなく、なんと堀の中であった。

ざぁッ……

橋に一歩足をかけようとした途端、水中から、黒い水柱が激しく立ちのぼった。

ざぁーッ、
ざぁーッ、
ざぁーッ、
ざぁーッ、
ざぁーッ……

立ちのぼった水柱は全部で五つ——。

つまり、水の中から飛び出したのは全部で五人だ。

（うおッ！）

さしもの三郎兵衛もこれには仰天し、一瞬間反応が遅れたかもしれない。

が、一瞬後には身を捻り、鯉口《こいぐち》を切る——。

シャーッ、

シャーッ、

シャーッ、

シャーッ、

シャーッ、

飛び上がった瞬間、黒い水柱——顔まで覆った黒装束の者から、小柄《こづか》のようなものが三郎兵衛めがけて放たれた。

三郎兵衛は咄嗟《とっさ》に跳躍した。

高く跳びつつ、巧みに身を捻って小柄を避ける。

但し、後退はしない。逆に少しだけ前に出た。

複数の敵が同時に一人を襲う場合、背後にまわり込むのは暗殺者の常道だ。後退すれば、必ずそこを狙われる。

カン、

カン、

カン、
カン、
カッ……

躱《かわ》しきれない小柄を、眼前に構えた大刀の鍔もと近くで叩き落とし、最後の一つは刀を振り払う際の勢いで跳ね返した。

振り払った刀はちょうど手近なところにいた黒装束の刺客の鼻先を薙ぎ、跳ね返った小柄は、別の黒装束が手にした忍び刀の柄に突き立つ——。

「…………」

そいつは少なからず驚いたが、すぐ弾かれたように跳躍すると、三郎兵衛めがけて斬りかかった。

「どりゃあーッ」

三郎兵衛の切っ尖が、そいつの刃を払い除けると同時に、袈裟《けさ》に斬り下げる。

そいつの体が頽《くずお》れるのを見届けるまでもなく、直ぐ反転して別の切っ尖を躱しざま、真後ろの敵の刃を受け止めた。

一旦受け止め、直ぐに引いてまた身を翻《ひるがえ》すのは、背後を襲われるのを嫌ってのことだ。

夢中で身を処しているように見えて、実は緻密な計算がある。

ほぼ同じ力量の複数の刺客を相手にする際、三郎兵衛は故意に隙を作って見せる。そうすることで、己の都合の良いところへ、敵の攻撃を誘い込むためだ。

（来た――）

反転して次の敵に切っ尖を向けるとき、常に左へ左へと刀を振るうようにした。すると案の定、敵はそれを三郎兵衛の癖だと思ったようだ。

（…………）

わざと隙を作った右脇に、敵の切っ尖が揃って殺到する――。

もとより、殺到したその刹那、三郎兵衛の体はそこにはない。一瞬早く跳躍している。

高く跳躍し、そのとき都合よく足下にあった黒装束の頭を足場とした。

「んぐッ」

足場にされた男はその衝撃に短く呻き、悶絶する。そいつの頭を強か《したた》蹴りざま、三郎兵衛は更に跳躍したのだ。

バッサァ……。

一瞬の飛翔から落下に転じる際、更に先にいる敵を一刀に斬り下げた。

「ごぉうッ」

断末魔の呻きと斬音とが見事に重なった。

その瞬間、すべての敵を葬り得たと思った三郎兵衛の四肢に、無意識の隙が生じたのかもしれない。

ぐぁ！

何方からか飛んできた小柄には反応できた。即座に刀で叩き落としたが、同時に三郎兵衛をめがけてくる黒装束の者に対する反応は明らかに遅れた。

敵は、もう一人いた。

仲間の殺気に隠れ、己は見事に気配を消して、そのときがくるまで身を潜めていたのだ。

「とやッ」

おそらくそいつこそが、この一団の頭《かしら》であろう。切り札は最後まで残しておくのが、暗殺剣の鉄則である。

(しまった！　間に合わぬ)

夢中で構え直したものの、一瞬早く敵の切っ尖が己の肉体に到達することを、三郎兵衛は覚悟した。傷つくことは仕方ないが、命まで奪われたくはない。

（仕方ない……）

敵の刃を躱せないかもしれぬと覚悟した直後、

「がぁはッ」

間合いに入ったか入らぬかという刹那、だがそいつは既に絶命していた。背中を真っ二つに割られて――。

「どうにか、間に合いました」

静かな声音が、忽ち三郎兵衛を安堵させた。

いつもと変わらぬ静かな声音ながら、僅かに呼吸が乱れている。他の者なら気づかぬ程度、ほんの僅かではあったが。

「桐野」

「申し訳ありませぬ、御前《ごぜん》」

「いや……」

三郎兵衛は力無く首を振った。さすがに肝《きも》を冷やした直後である。すぐには言葉が口をついて出なかった。

「黒沼の屋敷へ同道なされなかったのは、賢明でございました」

「え？」

「黒沼は、屋敷に大量の鉄砲を隠し持っております」

「なに、鉄砲だと！」

「さしもの御前も、鉄砲で狙われてはひとたまりもありませぬ」

「……………」

「黒沼の意図に気づいた時点で、御前ならば、敢えて火中に飛び込まれるのではないかとヒヤヒヤいたしました」

「ちょっと待て、桐野――」

三郎兵衛は慌てて口を挟んだ。

「黒沼は、己の屋敷で儂を討ち取ろうとしておったのか？」

「はい、おそらく――」

「大胆不敵な奴よ」

さすがに呆れ顔を見せてから、ふと我に返って足下の死骸に視線を注ぐ。

「では、こやつらはなんだ？　儂が奴の屋敷に行かなかったときに備えての後詰めであろう？」

「いいえ――」

桐野はあっさり首を振った。

「こやつらと黒沼とのあいだには、なんの関わりもないかと存じます」

「なんの関わりもない？」

「はい」

「では、ただの偶然だというのか？」

「はい」

桐野は無意識のうちに、気の毒そうな表情を浮かべていたかもしれない。目を伏せ、なるべく三郎兵衛を見ないようにした。

「では、何故儂を襲ったのだ？　堀の水の中で待ち伏せておったぞ。よりによって、この寒中に――」

「忍びは特殊な訓練を受けておりますれば」

「寒さも感じぬというのか？」

「感じぬように、訓練をいたします」

「お前も感じぬのか、桐野？」

「はい、感じませぬ」

多少戸惑いながらも、桐野は頷《うなず》いた。

さしもの三郎兵衛も、少しく動揺しているようだった。

危うい思いをしたことよりも、己の目算がはずれていたことに衝撃を受けているのだろう。

「祖父さん、なんだか冴えねえ面して帰って来たけど、なにかあったのか？」

例によって、屋根の上で気配を消したまま考え事をしていた桐野に、勘九郎は気安く声をかけてくる。無視しても無駄だとわかっているので、仕方なく、彼の離れの縁先に立った。

「下城の途中、刺客に襲われ、少々手こずりました。そのことを、気に病まれているのかもしれません」

「祖父さんも歳だからな。少し手こずるくらい、しょうがねえだろ」

縁先に腰を下ろしながら勘九郎は言い、

「で、近頃一体なにを調べてるの？」

桐野の顔を覗き込んだ。

「………」

「何日か前には、銀二兄《にい》と二人で何処かへ出かけてたみてえだし、俺にだけ内緒にするように言われてるんだな？」

「ご城中の秘事に関わること故、いまはまだお話しできぬのでございます。そのうち事の次第が明らかとなりましたら、若にお話しなされるおつもりかと存じます」

「いいよ、別に。城中の秘事なんて、なんだか面倒くさそうだし」

意外にも勘九郎は興味を示さなかった。

「祖父さんの仕事を手伝ったって、俺にはなんにもいいことねえし。……けど、やっぱり尾張屋がらみなんだろ？」

「何故…そう思われます？」

興味もなさそうな風情ながらズバリと核心を衝かれ、少なからず桐野は狼狽《うろた》えた。

「だって、桐野がずっと緊張してるみたいだし……」

「え？　私が？」

「ああ、長崎から戻ってからずっと怖い顔してる」

「…………」

「少し前に、駒木根《こまぎね》家の御当主が双子の弟と入れ替わってたことがあったろ。入れ替わった双子の弟が悪心を起こして当主の座におさまろうとするように、尾張屋が裏で糸引いてたんだろ？」

「わかりませんが、たぶん。ご当人には、操られたという自覚はあまりないようでしたが、悪意を持った何者かに入れ知恵されたことは間違いございませぬ。そうでなければ、寺で育った世間知らずの老人が悪心を抱くわけがございませぬ」

「そうだろ。そうやって、てめえは姿を見せず、裏に隠れてコソコソ画策するのが、奴のやり方なんだよ。だから、怖い。気がついたときには、なにもかも、お膳立てが済んでるんだ」

勘九郎は一旦言葉を止め、そしてすぐに言葉を継《つ》いだ。

「逆に、祖父さんを拉致したときみてえに、てめえが表に出てるときの奴はちっとも怖くねえんだ」

「さすが若、よく見ておられます」

「そんなの……わかるだろ、普通《そむ》」

勘九郎は怒ったように顔を背けたが、桐野に褒められたことが内心嬉しく、背けた顔には無意識の照れ笑いが滲む。

「なんにしても、いやな予感しかしねえんだよ」

「御前のことは、私が全力でお護りいたします」

「そのことは別に心配してねえよ」

事も無げに、勘九郎は言った。

「祖父さんは、歳のせいでいろいろしんどくなってるかもしれねえけど、別に緊張はしてねえみたいだから。心配なのはお前だよ、桐野」

「…………」

「江戸に戻ってからも、一人で尾張屋を捜してるだろ？」

「何れ《いず》は、引導を渡さねばなりません」

「放っといても、そのうち自分から姿見せるんじゃねえの？」

「そうかもしれませぬが、そのときでは、既に遅いかもしれませぬので……」

言うなり桐野は勘九郎の前から姿を消した。

勘九郎がしばし首を傾げていたのは、その消え方が唐突であったこともだが、それにもまして消え方の見事さであった。

（いつもは、一旦屋根に跳んでから移動するのに、いきなり消えちゃった。本気出すと、こんなに凄いのか……）

桐野の気配なら、いつもはさほど苦労せずに察することができる。何故かはわからない。だが、今夜の桐野はいつもと違っていた。勘九郎が如何にその行方を探ろうとも、文字どおり、煙の如くかき消えてしまったようだった。

三

翌日、黒沼勝左右衛門から早速使者が来た。

「今夕、吉原の揚屋《吉野《よしの》》に一席設けますので、おいでいただきとうございます」

との口上を聞くや否や、三郎兵衛は呆気にとられた。

(まさか、本気にするとはのう……)

半ば呆れ果てながら、

「行かぬ」

にべもなく断った。

「是非ともおいでいただくように、との主人の命《めい》でございますれば……」

使者は困惑し、泣きそうな顔で言い募ったが、

「この儂に指図する気か」

と鬼の形相で言い返し、怖がらせて追い返した。

三十そこその使者は、実際三郎兵衛の迫力に怯え、両目に涙を浮かべて逃げ帰った。

だが、黒沼からの誘いはそれで終わらなかった。

翌日も、その翌々日も、判で押したように同じ口上を述べる使者が、松波家の門を叩いたのである。

「それほど儂に話したいことがあるなら、貴様が自ら出向いて参れ！　目上の者を呼びつけるなど、無礼であろうッ」

遂に業《ごう》を煮やし、涙目の使者を怒鳴りつけると、さすがにその翌日から誘いの使者はパタリと止んだ。

その露骨さに、三郎兵衛は些《いささ》か鼻白《はなじろ》んだ。如何に三郎兵衛を誘《おび》き出すための方便とはいえ、「お耳に入れたいことがございます」と言っている以上、一応話をするそぶりくらいは見せるべきなのに、三郎兵衛を何処かへ連れ出すことしか考えていない。

これでは、罠であることがみえみえで、余程の馬鹿でもない限り、ひっかかりはしないだろう。

(どういうつもりだ？　儂を馬鹿にしておるのか)

三郎兵衛が内心憤慨していると、それからまもなく、一つの訃報が届けられた。

黒沼勝左右衛門が、急死したのである。

「どういうことだ？」

三郎兵衛は直ちに稲生正武を問い詰めた。

「急な病だそうでございます」

例によって、眉一つ動かさず稲生正武は応える。

シンと静まり返った芙蓉之間に、三郎兵衛の声ばかりが響くことになる。

「なんの病だ？」

「さあ……」

「そんなもの、嘘に決まっていよう。そもそもあやつは、病に罹《かか》るような玉《たま》ではないわッ」

「そう仰せられましても……」

書き物をしている手を止めもせず、稲生正武は困惑する。

「それがしにも、詳しいことはわかりませぬ。お知りになりたければ、若年寄にでも、お聞きなされませ」

「若年寄だって、詳しいことは知らんだろ。どうせ通り一遍の届けを出したに決まっている」

「では、それがしとて詳しいことなど知り得ようわけがないではありませぬか」

「しかし、お前には、その……」

と少しく声を落として口ごもったのは、お庭番を使って裏から調べているだろう、ということを暗に指していた。それは、稲生正武にも伝わった筈だ。

「さあ……安志藩の者によって、福山の仇討ちでもされたか」

稲生正武は顔をあげずに言葉を継いだ。

「或いは、大目付の詮議によって菊之間の件が露見したときのことを恐れて自害したのやもしれませんなぁ」

「そんなわけがあるか。よりによって、儂を誘き出して殺そうと企んだ野郎だぞ。間違っても、自害なんて殊勝な真似をするわけがない。仇討ちも、あり得んな。安志藩の奴らにそんな根性があるものか」

「ならば、消されたのでございますな」

「消された？　誰に？」

「黒幕に決まっておりましょう」

「黒幕？」

「松波様は、随分と黒沼をお気に召したようでございましたが、はっきり申しあげて、それがしはあのような小者にははじめから興味はござらぬ。……黒沼も、菊之間の他の旗本どもも、所詮《しょせん》小者にございます」

「小者って、お前……」

歯に衣着《きぬき》せぬ稲生正武の言い草に、三郎兵衛は少しく戸惑った。

「ところが、松波様ときたら、妙に警戒して誘いにのらぬものだから、黒幕を突き止める前に、黒沼は殺されてしまい申した。やれやれでございまする」

「貴様！　またしても、この儂を囮《おとり》に使うつもりだったのかぁッ」

瞬時に激した三郎兵衛は思わず稲生正武の胸倉を摑む。

「よいではありませぬか。松波様には一騎当千《いっきとうせん》のお庭番がついておられる。それにご自身も一騎当千。多少の罠など、どうということもござりますまい」

ところが、胸倉を摑まれ、ギリギリと締め上げられながらも、稲生正武はまるで動じない。それ故、

「たわけッ」

三郎兵衛は更に激昂した。

「如何に儂とて、鉄砲で狙われたらひとたまりもないわ。黒沼は、屋敷に大量の鉄砲を隠し持っておるのだぞ」

「鉄砲など、お庭番に命じて事前に火縄を濡らしておけばよろしかろう」

「火縄銃かどうかわからぬではないか」

「え？」

「火縄など使わぬ最新式の銃だったらどうするのだ？　だいたい、いまどき、古めかしい火縄銃など大量に仕入れるか」

「…………」

稲生正武は仕方なく押し黙ったが、一向懲りる様子はなく、しぶとい顔で三郎兵衛を見返していた。これまで、三郎兵衛のよく知る稲生正武にはあまりなかったことで、内心戸惑っている。

「黒沼の屋敷を暴いて鉄砲が見つかれば、とり潰せるぞ。うぬのことだ、当然そうするのだろうな」

「いいえ。いたしません」

「え？」

「旗本の取り潰しなど、くだらない。それがしの仕事ではございません」

「しないのか？」

「大目付の役目ではございませぬ故」

「この古狸《ふるだぬき》めッ」

三郎兵衛が腕に無意識の力をこめてゆくと、

「ときに松波様」

苦しげに顔を歪めつつも、稲生正武は口の端を僅かに弛めた。

「いま、それがしが大声をあげて人を呼べばどうなると思われます？」

古狸どころか、悪鬼の笑顔であった。

「ふん、それで儂を脅しているつもりか？　抜き身を手にしておるわけでもあるまいし、別にどうにもならぬわ」

「それがしが、『松波様に殺されるーっ』と叫んでも？」

「おお、叫んでみるがよい。駆けつけた者に向かって、『頼まれて、柔術の指南をしているのだ』と言い、うぬを投げてみせるだけだ」

言い返しざま三郎兵衛は、グイッとその襟髪を摑みあげ、

「斯《か》くの如くに」

一旦抱えた稲生正武の体を、乱暴に畳に投げ捨てた。

ぐぅ……

と音を立てて尻餅をついた稲生正武は恨めしげな目で三郎兵衛を睨んだが、それ以上はなにも言わなかった。

「……………」

　よく見れば、恨めしげに三郎兵衛を見つめる両目には涙が滲んでいる。それはそうだろう。投げる際一応手加減はしたが、それなりに痛かった筈である。

「なんじゃ。なんぞ、文句があるのか？」

　三郎兵衛は憎々しげに問い返したが、黙って投げられた上、特に苦情を漏らそうともせぬ稲生正武のことが少々不憫《ふびん》になった。

　囮の件を指摘されてもふてぶてしくふるまったのは、敢えて三郎兵衛を怒らせようとの目論見《もくろみ》に相違ない。もとより、そうすることで、この先も巧く三郎兵衛を操ろうという魂胆なのだ。

　それが片腹痛くもあり、同時に不憫でもある。

「年長者を丸め込んで己の意のままに操ろうなどとは、以《もっ》ての外《ほか》。今度ふざけた真似をしおったら、こんなものじゃすまぬからな」

　それ以上、不憫な稲生正武を見ていることに耐えきれず、捨て台詞《ぜりふ》を残して芙蓉之間を去った。

　襖《ふすま》を閉める際チラッと顧みて、稲生正武が自力で起き上がるのを確認した。

四

麴町《こうじまち》の裏二番町《うらにばんちょう》通りにある黒沼勝左右衛門の屋敷は、両隣をほぼ同程度の石高の屋敷に挟まれ、軒を接する如くに隣接していた。

同じ町内には、似たような規模の旗本屋敷がズラリと建ち並んでいる。

(一千石の旗本屋敷であれば、ざっと五百坪ほど。使用人は下働きを含めても十数人といったところだな)

忌中の紙は貼られていても、弔問客の出入りは殆《ほとん》どない。評判が悪かっただけのことはあり、親しい者などいないのかもしれない。通りにもあまり人影は見られなかった。

(若年寄に賄賂を贈ったり、大量に鉄砲を買い入れたり、分不相応に金を使っているのだ。台所は火の車だ。……屋敷の広さを考えれば、たいした人数は伏せられぬ。たとえ鉄砲が何挺あろうと、それを撃つ射撃手がおらぬではないか)

屋敷の前に立っただけで、三郎兵衛は瞬時にそこまで想像した。

「妙に警戒して誘いにのらぬものだから……」

という稲生正武の言葉が、いやに重苦しく胸に響いている。

確かに、既に黒沼屋敷を熟知している桐野がいれば、その誘いにのってみても問題はなかったのかもしれない。

それを、何故躊躇《ためら》ってしまったのか、いまとなっては臍《ほぞ》を嚙むばかりだ。

無意識に身の危険を感じてのことだとすれば、己の臆病を呪うしかない。

（最初の誘いで、儂が黒沼についていくものと、次左衛門は決めてかかっていたのだな）

それは些か気に食わないが、矢張り期待には応えるべきだった。臆病風に吹かれた三郎兵衛が躊躇しているあいだに、黒沼勝左右衛門は死んでしまった。

（仕方ない。弔問にかこつけて、これから行ってやるわい）

一度覚悟を決めると、三郎兵衛の決断は早い。

黒沼家の門に向かって三郎兵衛が歩を進めだしたとき、脇門が開いて、中から紋服姿で見覚えのある小柄な武士が姿を見せた。

三郎兵衛を見ると忽ち表情を変え、

「松波様！」

泣き笑いのまじったくしゃくしゃの顔で駆け寄って来る。

（こいつ……）

連日三郎兵衛を呼びに来た、あの泣き顔の使者に相違なかった。使者に来るくらいだから、用人の中でも身分の高いほうだろう。

「やっと、おいでいただけたのですね！」

「い、いや……」

三郎兵衛はさすがに顔を背けて口ごもった。気まずいことこの上ない。

三郎兵衛が使者を拒み続けたから、黒沼勝左右衛門は命を落とす羽目に陥った。だとすれば、黒沼家の家人にとっては三郎兵衛は仇も同然で、今更どの面下げて来やがった、ということになる筈なのに、相手は満面の笑みで歓迎している。内心はどうあれ、少なくとも、表面的には——。

三郎兵衛は到底いたたまれなかった。弔問にかこつけて乗り込もうとしていたことなど瞬時に忘れ、

「此度《こたび》は、急なことで……」

忽ち逃げ腰になった。

「主人《あるじ》に、別れを言いに来てくださったのですね、松波様」

「いや、本日はたまたま近くまで来たのだが……そういえば、ご不幸があったと城中

にて聞いたことを思い出し……」

「ありがとうございます！」

「しかし、黒沼殿と儂はさほど親交があったわけではない。ただ大目付として少々詮議をいたしただけ。わざわざ焼香させていただくことは……」

「いいえ！　いいえ！」

言い訳がましい三郎兵衛の言葉を、そいつは易々と遮った。

「大目付様にお弔いいただければ、主人もどれほど喜びますことか！」

「………」

「こうして当家の門前に参られましたのも、主人が導いたのでございまする」

「それは、まあ……」

頷きつつもなお躊躇する三郎兵衛を、

「忝《かたじけ》のうございます、忝のうございます」

そいつは深々と頭を下げながら、じわじわと三郎兵衛に接近する。

「主人も喜びまする」

繰り返し言い募り、遂にはその手をとって強引に導かんばかりの様子を見せる。

三郎兵衛は抗しきれなかった。

結局目論見どおり屋敷に迎え入れられ、勝左右衛門の遺体が安置された座敷に通された。

否、通されたのだと思った次の瞬間、座敷の襖が三郎兵衛の背後で閉められた。

(え?)

その途端、墨を流したかのような真闇が訪れた。

謀《たばか》られたことは瞬時に覚った。

すぐ身を翻して襖を開けようとするが、暗闇の中で伸べた手の先には、それらしき感触はない。

(くそッ)

三郎兵衛は逆方向へと身を翻し、部屋の奥に走った。

表から見た限りでは、せいぜい十畳ほどの座敷の筈だった。すぐにもう一方の襖か障子に行き着く筈なのに、いつまでたっても辿り着かない。大股でぐいぐい歩を進めれば、とっくに着いている筈の距離が、いつのまにか無限の長さと化している。

(おかしい……)

黒沼勝左右衛門の屋敷は、総面積が五百坪ほど。建坪は二百坪といったところだ。

このまま真っ直ぐ進んで行けば、黒沼屋敷を通り抜けて隣家まで行ってしまう。どう考えてもおかしいのに、真っ暗闇の中を、三郎兵衛はどこまでも進んで行く。

（まずいぞ。こういうことがあるから、儂はあのとき躊躇ったのだ。臆病風に吹かれたわけではない）

言い訳がましく思ったときには、もう遅い。

三郎兵衛を捕らえた暗闇は、無限のものと化していた。

（妖術か）

暗闇の中に閉ざされてまもなく、三郎兵衛は察した。

そういえば、尾張屋の周辺には妖術に長《た》けた者がおり、尾張屋自身も術に長けているかもしれない、と桐野が言っていたことを、漸く思い出した。

以前甲州路《こうしゅうじ》の日野宿《ひのしゅく》の外で尾張屋に拉致された際、大人がやっと入れる程度の木箱に入れられていたにもかかわらず、奥行きのある広い場所に監禁されていると思い込んでいた。尾張屋と言葉を交わした際のその声の響き方が、広い場所での響き方のように感じたからだ。

「もしそう感じられたとすれば、それは、尾張屋が術を用いてそう感じさせたのでございます」

という桐野の言葉を、半信半疑で三郎兵衛は聞いた。

忍びが、ある種の術を用いるということは知っているが、実際に己がその術にかけられたという実感はいまだになかった。

いまはじめて、実感した。

いきなり暗闇の中に閉じ込められ、いくら進んでも、いつまでもどこまで行っても、出口がない。

「おい――」

三郎兵衛はふと足を止めた。

「尾張屋か？」

暗闇に向かって問いかけた。

「そこにいるのか？」

返事はなかったが、ふと感じるものがあり、手を伸べてみた。指先に、
かさッ、
と触れるものがある。

感触からして、襖のようだ。手探りで探り当て、恐る恐る開く。一気に開け放って急に明かりが射し込んだら、目をやられてしまう。それ故念のため目を閉じていた。

ツッ……

先ず、一寸くらい開ける。

そこから、一条の光が射し込める。

だが、予期したほどの明るさは感じない。もう少し、開ける。更に明かりが射し込む。当然明るさも増すが、白昼という感じではない。目を閉じていても、膚《はだ》で感じる。

（そろそろよいか）

襖を、半分以上開けたところで、三郎兵衛は恐る恐る目を開けた。

薄暗かった。

目を凝らすと、すぐ目の前に巨大な金魚鉢があった。

（え？）

金魚鉢は、二つ三つの童《わらべ》の背丈ほどの平たい台の上に載せられていた。

中には、鯉《こい》には違いないが、だとすればかなり大きめの魚が窮屈そうにしている。

金魚鉢にしては大きめだが、鯉を入れるには無理がある。それ故鯉はろくに泳ぐこともできず、水の中でじっとしていた。

鯉の色は青白く、不思議な光彩を放っていた。形は鯉に似ているが、実は別の魚なのかもしれない。

「これも、あやかしか？」

誰に尋ねるともなく、三郎兵衛は呟いた。

「いいえ、あやかしではありませぬ」

すると、答える者がある。

三郎兵衛の周囲は薄暗く、見回せば、それほど広い場所でないことはすぐにわかった。

つまり、三郎兵衛の問いに答える者は、何処にもいない。その場にいる唯一の生き物といえば、金魚鉢の中の青白い鯉だけだ。

（まさか、こやつが口をきいたわけではあるまい）

三郎兵衛が無言で鯉を見つめると、

「はい、それがしでございます」

金魚鉢の鯉が答えた。

いや、実際には何処からか声が響いていたのだろうが、三郎兵衛の目にはそう映った。

「黒沼勝左右衛門にございます」

鯉が名乗り、三郎兵衛は当然訝《いぶか》しんだ。

「黒沼か？」

「はい」

答えた瞬間、心なしか鯉の鱗が白く光ったように見えた。

「そちは死んだのではなかったのか？」

「そのようでございます」

「それで、鯉に転生したのか？」

「まあ、そんなものでございます」

「そのような姿になって、不自由であろう」

「いいえ、それほどでも」

と答える声音は、確かに三郎兵衛の知る黒沼勝左右衛門のものだった。声を聞くだけでも、あのいやな爬虫類の貌《かお》がありありと脳裡に滲んでしまう。

「それで、そちは一体誰に殺されたのだ？」

「はて？　それがしは殺されたのでございますか？」

鯉になった黒沼勝左右衛門はさも不思議そうに問い返した。

「殺されたから、そんな姿になったのではないのか」

「そうなのでしょうか」

「己のことではないか。頼りない奴よのう」

「申し訳ございませぬ」

「別に詫びる必要はない。……それで、どうなのだ？」

「なにがでございます？」

「己が何故死んだか、なにも覚えておらぬのか？」

「そもそもそれがしは本当に死んだのでしょうか？」

「死んだから、そうして鯉に転生したのであろう？」

「それがしは転生したのでしょうか？」

黒沼は真顔で――鯉が真顔というのも妙な言い方だが――大真面目に問うてくる。

「こうしておりますと、実は、己ははじめから鯉だったのではないかと思えてまいります。それがしは本当に人でありましたか？」

自嘲するかのように青白い鯉――いや、黒沼勝左右衛門は言い、三郎兵衛を困惑させた。

勿論、三郎兵衛とて、本気で鯉が喋っているとは思っていない。己が術にかかっているという自覚もあるが、声が聞こえてくるとつい受け答えしてしまうのだ。

「そうそう、安志藩江戸家老の福山大膳は、再び福山大膳として生まれ変わったのでございます」

「福山大膳を殺したのはお前ではないか」

　意味不明な黒沼の言葉に、三郎兵衛が思わず言い返すと、

「滅相もございませぬ」

　黒沼はきっぱり否定した。

　正気な部分とそうでないところが混在している。三郎兵衛はなにやら気分が悪くなってきた。理由はわからない。

「では誰が殺した？」

「誰も殺しておりませぬ」

「では、福山大膳は何故死んだのだ？」

「福山殿は、急な病にて身罷られた筈ではありませぬか？」

「なんだと？」

「大目付様も、そう仰せられました」

「貴様、まだ左様な戯《ざ》れ言《ごと》をほざくかッ」

「まあまあ、そうお怒りになられますな」

　黒沼の口調は完全に三郎兵衛を嘲笑《あざわら》っていた。

「うぬ、慮外者《りょがいもの》め。その忌々《いまいま》しい金魚鉢、叩き割ってくれるぞ。干乾しになるがよい」

小柄を抜き、思わずそれで金魚鉢を叩き割らんと腰を上げかけたとき、

「なにをなされておられます」

部屋の一方——壁だとばかり思っていたところが不意に襖に変わり、聞き覚えのある声とともに、カラリと開かれた。

「あっ……」

本物の外気の明るさに、三郎兵衛は忽ち目を眩《くら》ませる。

「そんなことをしておられると、一生術にかかったままになりまするぞッ」

厳しい言葉で叱責され、漸く我に返ると、三郎兵衛は慌てて周囲を見まわす。

どうやら、最初に通された座敷のようだった。但し、金魚鉢も置いていなければ、青白い鯉もいない。

それどころか、黒沼の遺体も見あたらなかった。

「あれほど、お一人で黒沼の屋敷に入られませぬよう、お願いしたではありませぬか」

地味な浪人風体の桐野から頭ごなしに叱責されて三郎兵衛は困惑し、返す言葉もな

く項垂《うなだ》れた。

「すまぬ」

仕方なく短く詫びてから、

「一体なんなのだ、この屋敷は？」

すぐ気を取り直して桐野に問う。

「蛻《もぬけ》の殻《から》でございます」

「え？」

「既に、邸内には人っ子一人おりませぬ」

「黒沼の屋敷に間違いはないのであろう？」

「それは、間違いございませぬ」

「儂が用人に誘われて来たときには、何人も家人がおったぞ。……それに、黒沼の遺体はどうしたのだ？　まだ葬儀もすんでおらぬではないか」

「黒沼勝左右衛門が本当に亡くなったかどうか、まだわかりませぬ」

「馬鹿を申せ。老中に届け出があったのだぞ。何故左様な詐《いつわ》りを申さねばならん」

「そもそも、あれが本物の黒沼勝左右衛門であったかどうか、さだかではありませぬ」

困惑した三郎兵衛が感情的になるのと好対照に、桐野は一切顔色を変えない。

「本物でないだと？　では、なんだと言うのだ？　まさか、別々に育てられた双子の弟か？」

「…………」

桐野は答えず、一旦口を噤《つぐ》んだが、それが三郎兵衛に論破されたが故でないことは、じきに知れた。

音もなく気配もなく、庭先から忍び入って来た者があったのだ。残念ながら、僅かに殺気が窺えた。

（惜しい）

三郎兵衛が咄嗟に思ってしまったのは、僅かでも殺気を発してしまっては刺客として役には立たぬと見なしてのことだ。殺気もなく、気がつけばすぐ側にいる者が一番怖い。

黒装束の刺客は総勢十名余り。既に抜き身の刃を手にしていた。

「忍びでございます。お気をつけください」

三郎兵衛の耳許に囁くなり刀を抜いた桐野は黒装束めがけて自ら駆け寄った。

ちょうど縁先で出会《でくわ》し、瞬時に二人を葬り去る。

いつもながら、水の流れるが如く自然で無理のない太刀筋であった。

もとより、三郎兵衛に見とれている暇はない。黒装束どもの目的は、本来三郎兵衛なのだ。

ひゅッ、
冷たい風が、一陣吹き寄せる心地がした。

複数の刃が、切っ尖が、すぐ身近に迫ってくる。

「うおおおぉ〜ッ」

裂帛の気合いとともに、三郎兵衛は刀を抜いた。

抜き打ちの鋭い切っ尖が、的確に刺客の急所を突いた。

直前に見とれた桐野の技を、咄嗟に取り入れ、実践したのだ。

ぐぎッ、
ぎゃひッ、
ぎょあッ、
ぎゅあ〜ッ……

斬音と断末魔が重なるいやな音声がしばし続いた。

確かに手練れではあったが、先日外堀の中に潜んでいた奴らほどではない、と三郎兵衛は思った。

あのときは、最後の伏兵の存在に気づかず、一瞬先の己の死を覚悟した。

だが、いまはそんな危機感を覚えない。

三郎兵衛は余裕を以て刀を振るうことができた。

三郎兵衛が三人を斬り、四人目に向かったところで、その四人目はあっさり頽れて絶命した。背後から桐野が一刀に斬り捨てたのだ。

「面倒なことをする割には、他愛ないのう」

刀をおさめつつ、三郎兵衛は無意識に呟いた。

稲生正武の言うとおり、福山殺しに黒幕が存在するのであれば、その者の目的は一体なんなのだ。あれこれ調べまわる三郎兵衛のことが邪魔で、本気で消したいと望むなら、不可能ではなかった筈だ。奇妙な術を使い、これほどの仕掛けを施すことのできる黒幕が、何故肝心のところで、腕の劣る刺客を送り込んできたのか。

「そういえば、鉄砲はどうした？」

三郎兵衛はふと思い出して桐野に問うた。

「この屋敷には大量の鉄砲が隠されているのではなかったか？」

「どうやら引き払う際に持って行ったようでございます」

「そちは、この屋敷には鉄砲があるから危険だと言っていたではないか。妖術だの忍びだの手間をかけずとも、鉄砲を使えばそれですむ話だ。敵は頭がおかしいのか？」

「………」

忌々しげな三郎兵衛の言葉を、桐野は黙殺した。その上で、

「実は、この件について、下野守《しもつけのかみ》様の命で動いていたお庭番が、気になることを知らせてまいりました」

桐野はふと、気になることを口にした。

「え？」

「至急確認し、御前にお知らせいたします」

「確認せねば、言えぬのか？」

「実は、私にもまだよくわからぬのです」

「なに？」

「それ故、いましばしお待ちくださいませ」

目を伏せ、次いで顔まで伏せて桐野は懇願した。それでも強《し》いて、「いま報告しろ」とは、三郎兵衛には言えなかった。

本来桐野は、不確かなことを不確かなまま三郎兵衛に告げたりはしない。それを敢

えて口に出したのは、謎の多い黒沼屋敷について、それ以上三郎兵衛から追及されたくないためだろう。

(桐野はなにか隠している)

ということも充分察していたが、三郎兵衛はそ知らぬ顔で口を噤んだ。桐野がそうしてもらいたがっている以上、いまはそうするべきだった。

第四章　真相

一

その後、信じられない訃報《ふほう》が立て続けにもたらされた。

書院番組頭の細田仙十郎、小姓組組頭の河井幹之介、同じく神山式部ら三名が、ときを同じくして亡くなった、という。

つまり、一月四日菊之間にいた旗本が全員死んだことになる。

「どういうことだ？」

俄《にわか》には信じがたい報告に対して、三郎兵衛は語気強く稲生正武に問い返した。

「なんでも、細田の屋敷に集まり、きのこ鍋を食していたところ、三人が揃って急に苦しみだしたため、すぐに医師を呼んだそうでございますが……」

「まさか、毒きのこでも食ったというのか？」

「まさしく」

「そんな話が、信じられるかッ！」

三郎兵衛は直ちに声を荒らげたが、

「松波様がどう思われようと、三人を看取《みと》った医師がそう証言しておるのですから、信じるよりほかございません」

稲生正武は全く動じなかった。

「本気か、次左衛門？」

「なんでございます？」

「先日黒沼が死に、いままた細田、河井、神山の三人も死んだ。一月四日、菊之間にいた旗本が全員死んだのだぞ。それがなにを意味するか――」

「まあ、口封じでございましょうな」

口調は変わらぬながら、さすがに険しい顔つきで稲生正武は言い返した。

「なんだ、わかっておるのか」

「童《わらべ》にもわかる道理でございましょう」

稲生正武は憮然とし、三郎兵衛は一旦口を噤《つぐ》む。

「うるさく詮索する松波様を葬《ほうむ》るつもりが叶わず、真相を暴かれるのも時間の問題となった故、そのときその場に居合わせた者をすべて消したのでございましょう」

「では、そこまでして隠さねばならぬ秘事とは一体なんだ？」

たまらず三郎兵衛が問い返すと、

「それがわかれば、苦労いたしませぬ」

にべもない答えであった。

しかし、稲生正武の苦《にが》い顔つきを見ると、頭ごなしに文句を言うことも憚《はばか》られる。

菊之間詰めの旗本が立て続けに死んだのは、稲生正武の責任ではないのだ。

それは、三郎兵衛にもわかっている。いや、どちらかといえば、責任は三郎兵衛のほうにこそありそうだった。

「しかし、これで証人が一人もいなくなってしまったのは事実だ。どうする、次左衛門、これで、終《しま》いにするのか？」

それ故、三郎兵衛にしては極めて遠慮がちに問うてみた。

稲生正武は苦い顔つきのまま黙り込んでいる。

真相を暴かれるのも時間の問題だと、もし敵が思い込んでいるのだとしたら、大きな間違いだ。未だ何一つ、わかってはいないし、なんの証拠も摑めていない。

肝心の秘事はしっかり守られているというのに全員を口封じするとか、些《いささ》かやりすぎではないのか。

殺された旗本たちがどのような悪巧みに手を染めていたのかは知らないが、彼らの黒幕はあまりに厳しすぎる。

沈黙した稲生正武を無言で見つめながら三郎兵衛は思案していたが、

「まだ、御譜代のお二方が残っておられます」

稲生正武は唐突に信じられないことを言い出した。

「なんだと？」

「佐貫藩と飯野藩の江戸家老、佐々木金吾《きんご》と新野出雲《いずも》でございます」

「だがそれは、黒沼のでまかせじゃないのか？　殿様本人なら兎《と》も角《かく》、譜代の江戸家老が、正月の四日から登城などせんだろう」

「いいえ、それが、でっちあげなどではないのでございます」

「まさか」

「調べればすぐにわかることですぞ。でまかせなど言ってどうなります」

「…………」

「佐貫藩と飯野藩の江戸家老は、あの日確かに登城して菊之間に詰めておりました。

これは間違いございませぬ」

「だが、通常代理の者は登城して拝謁がかなわずとも、献上品の目録だけ置いて帰るものだ。二人は居心地の悪い菊之間などでなにを待っておったのだ」

「それを言うのでしたら、殺された福山大膳があの日菊之間におったこと自体、不自然極まりないではございませぬか」

「儂《わし》もはじめからそう思っていたが――」

三郎兵衛は遠慮がちに口を開き、

「実際福山が菊之間で殺されている以上、そこには触れずにおくべきであろうと忖度《そんたく》したのだ。……そもそも譜代の江戸家老が、正月四日、なんのために登城したのだ？」

「或いは、佐賀の佐々木と飯野の新野も、一味であったのかもしれません。……だとすれば、福山も一味で、仲間割れでもしたのかもしれませんな」

「どういう一味なんだ？　譜代と旗本が連《つる》んで、一体なにを企んでいたというんだ」

「或いは、そこに、真相を暴く鍵があるのかもしれませぬ」

淡々とした稲生正武の言葉を、三郎兵衛はぼんやり聞いていた。

話が違う。

こんなことになるのであれば、はじめから、もっと注意深く黒沼に接触するべきであった。大目付の三郎兵衛が迂闊《うかつ》に近づかなければ、黒沼ら旗本たちは死なずにすんだかもしれないのだ。

「もとより、佐貫と飯野の江戸家老には話を聞かねばならぬが、慎重にせぬと、こやつらも口を封じられかねん」

「………」

稲生正武が言葉を呑み込んだのは、三郎兵衛への無言の同意にほかならなかった。

「儂はしばらく手を引くぞ、次左衛門」

「え?」

「仕方なかろう。四人も……いや、福山大膳も入れれば五人も死んでおるのだ。下手《へた》をすれば、あと二人死ぬことになる。黒幕とやらは血も涙もない野郎だ」

「では、どういたします?」

「とりあえず、もう一度安志藩のほうにあたってみよう」

「安志藩にでございますか?」

「ああ、町方の心得だ。調べが暗礁に乗り上げたときには、原点にたち戻るのだ」

「なるほど」

稲生正武は一応納得してみせ、

「それがしとて、町方の経験はございます」

喉元まで出かかる言葉は呑み込んだ。

こういうとき余計なことを言えば、痛い思いをするだけだ。それだけは御免であった。

「まあ、そう堅くなるな」

と上機嫌の三郎兵衛から言われても、後藤帯刀の硬く凍りついた表情は変わらなかった。

当たり前だ。大目付から直々に招かれ、町場の鰻屋《うなぎや》に呼び出された。それだけでも、心の臓が口から飛び出しそうである。

座敷の中には火鉢もあり、適度に暖かいというのに、体は微《かす》かに震えていた。

「そのほう、江戸詰になって何年だ？」

「今年で…三年目になります」

後藤帯刀は辛うじて答える。

「三年も江戸におれば、こうした店には来慣れているのではないか？」

「いえ、それほどは……」

「鰻は嫌いか？　蕎麦《そば》か泥鰌《どじょう》のほうがよかったか？」

「い、いいえ、大好物でございます」

「そうか。それはよかった」

三郎兵衛は面上から笑みを絶やさずに言う。

「蒲焼きは、焼きあがるまでには時がかかる。それまでじっくり話ができる」

「な、なんのお話でございましょう」

「藩邸ではできない話だ」

「え？」

「あそこには、間者《かんじゃ》が耳を欹《そばだ》てておるからな」

「間者、でございますか？」

「先日尊藩の藩邸を訪ねた際、儂の耳に、わざわざ故人の悪口を吹き込んだ者がおる。あろうことか、亡き江戸家老は、謀叛《むほん》を企んでいた、とまでぬかしたぞ」

三郎兵衛の言葉を、すっかり血の気の失せた顔で聞いていた後藤帯刀は、

「そ、その者とは一体、誰でございます？」

三郎兵衛の言葉が一旦止むのを待って思わず口走った。

「勘定方の、曽根孫兵衛だ」

「あ、あの御方は、もともと本家の推挙を受けて当家に仕えておられる。謀叛と言うなら、当家の内情を逐一本家に知らせておる曽根殿こそ、裏切り者……当家に対する謀叛人でございます！」

「なるほど」

後藤帯刀の懸命な言葉を、興味深い思いで三郎兵衛は聞いた。

「つまり、曽根は、分家である安志藩の内情を探らせるために本家の小倉藩から送り込まれた間者ということか？」

「…………」

後藤は無言で肯《うなず》いた。

「だが、本家の間者など、気に食わなければ送り返せばよいではないか。そもそも、御当代の長逵《ながみち》公は、本家の小笠原家とはさほど近しい血縁でもなし、領国も遠く隔たっておるから、干渉される謂われはない」

「理屈はそうでございますが……」

「なにを言われても、しらばくれておればよいではないか」

「なかなか…そうはまいりませぬ。藩内には、本家に追随する輩《やから》も多く……小次郎殿…いえ、大膳殿は、常々そうした本家派の者を一掃したい、と考えておられました」

「そのために、老中らに賄賂《わいろ》をばらまき、後ろ楯になってもらおうと考えたのか？」

「大膳殿は、殿を若年寄にしようとのお考えでございました」

「なるほど、若年寄か」

三郎兵衛は深く頷いた。

老中を補佐し、旗本・御家人を統括する若年寄は、一、二万石の譜代から選ばれる。強《あな》ち無茶な望みではなかった。

藩主が若年寄の肩書きを得れば、うるさい本家の影響力も多少は弱まり、藩内の本家派とやらもおとなしくなるかもしれない。なかなかの妙案である。

「それで、老中への働きかけもあり、福山殿は日頃から頻繁に登城していたのだな」

「…………」

後藤帯刀は不意に我に返って口を噤んだ。

水を向けられ、つい軽々しく口を開いてしまったことを後悔しても、もう遅い。

「だが、旗本・御家人に顔のきく若年寄はなりたがる者も少なくない。席があけば、それをめぐって熾烈な争いが起こることもある。大膳殿が菊之間で殺されたのも、或いはその争い絡みかもしれぬな」

「お、大目付様、大膳殿は殺されてなど……大膳殿は、藩邸内にて、急な病で……」

「だまらっしゃい」

交々《こもごも》と言い訳しかける後藤帯刀を、三郎兵衛は一喝した。

「福山大膳が正月四日、菊之間にて何者かに殺されるか致命傷を負わされるかしたことは、お庭番の調べによっても最早《もはや》明白。これ以上詐《いつわ》りを申せば、藩の責任を追及するぞ」

「………」

「安心しろ。正直に、なにもかも包み隠さず喋れば、安志藩の罪は問わん。我らは、福山大膳を手にかけた下手人《げしゅにん》をつきとめたいだけなのだ」

「………」

「わけもわからず己が藩の江戸家老を殺され、悔しくはないのか？」

「く…悔しゅうございます」

後藤帯刀の声は激しく震えていた。

「小次郎殿は、まだお若うございました。……い、生きていれば、この先、どれほど輝かしくご活躍なされたことか……」

見る見る両目に涙が滲む。自らの言葉に自ら感激しているのだろう。

後藤がそういう人間であることは、初対面のときから、三郎兵衛も薄々察している。

「まこと、安志藩は惜しい才を失ったものよ」

「大目付様」

後藤帯刀が思わず呼びかけたときには、その目から、三郎兵衛に対する恐怖心は既に消えていた。

それを充分実感してから、三郎兵衛はふと口調を改めて問いかけた。

「福山大膳の遺体を早急に荼毘《だび》に付し、病死の届けを出すよう命じたのは、誰だ？」

「勿論、曽根孫兵衛でございます。御城中にて刃傷《にんじよう》の果てに命を落としたなどと知れれば、喧嘩両成敗で藩はお取り潰し、藩士もその家族も路頭に迷うことになる、と申しました」

迷わずスラスラと後藤は答えた。

腹を決めたのだろう。

「大膳は藩主ではないし、仮に喧嘩両成敗としても、藩がお取り潰しになるとは限らぬ。そもそも、刃傷かどうかの証《あかし》もたたぬのに、お咎《とが》めがあるとも思えぬ」

「ま、まことでございますか」

三郎兵衛の言葉に、後藤帯刀は満面をくしゃくしゃにして喜んだ。両目には涙を滲ませたままだ。

当初三郎兵衛は、彼の年齢を四十くらいと見たが、実はもっと若いのかもしれない、と思い直した。藩随一の俊才と謳われた福山大膳への盲目的な傾倒ぶりや、軽い揺さぶりであっさり口を割るところからも、意外に若年である可能性は大であった。

「ときにそちは、大膳とは親しかったのか？」

「はい」

「国許《くにもと》におる頃からか？」

「はい、小次郎とは幼馴染みでございました」

「そ…うなのか」

三郎兵衛は辛うじて驚きを堪《こら》えた。

幼馴染みだからといって、同い年とは限らない。二、三歳違いでも家が近ければ一緒に遊ばぬことはないし、或いは帯刀には年の離れた弟がいて、その弟と大膳が同い年であったため、顔を合わせる機会が多かった、とも考えられる。

「明倫堂の頃には、毎日机を並べておりました」

（え？）

涙ながらに語る後藤帯刀の言葉に、三郎兵衛はいちいち驚いた。

（藩校に通いはじめるのは十二、三歳くらいからか？……藩によって違いもあろうが。上は、せいぜい十七、八くらいまでであろう……そうすると、年齢差は、五つか六つといったところか）

三郎兵衛の内心をよそに、

「恥ずかしながら、それがしは学問が苦手《にがて》で……わからぬところを、いつも小次郎に教わっておりました」

後藤帯刀は嬉々として語った。

その直《す》ぐな表情に、どうやら嘘はなさそうだった。そもそも三郎兵衛は、初対面のときから、常に己の本心でしか相対することのできない後藤の言葉を疑ってはいない。

「大膳は、市井《しせい》の者を使って密かに高利貸しを行っていたそうだが、それも存じていたか？」

「…………」

「安心せい。罪に問おうというのではない。その程度の小遣い稼ぎは、どこの藩でもしていることだ」

「そ、そうなのですか？」

「ああ。大目付はそれほど暇ではない」

「高利貸しで得た収入は、老中方への賄賂の他、参勤の足しにもしておりました」

「さもあろう。安志藩のように所領が何ヶ所にも分かれておると、実際の石高はなかなか思うようにならぬものよ」

と鷹揚《おうよう》に頷いてから、

「ときに大膳は、武芸のほうはどうだった？　武芸にも秀でていたか？」

ふと質問を変えた。

「それが……」

後藤帯刀は言いかけて、だが途中で気まずげに口ごもる。

「それが、武芸のほうはからきしで……」

一旦呼吸を整え、再び言葉を発したときには、最前までの泣き顔が嘘のような笑顔に変わっていた。

「小次郎のやつ、そもそも稽古も大嫌いで、道場では、いつも師範に叱られておりました。……そんな竹刀《しない》さばきでは、鼠《ねずみ》一匹殺せぬぞ、と。……天は二物を与えずとは、まさしくこのことだと思いました」

「それほど、駄目だったのか、福山の武技は？」

「それがしも、人に誇れるほどの腕ではございませぬが、小次郎におくれをとることは……おそらく、未来永劫あり得ぬかと――」

「あまり感心せぬな、その言い草は」

三郎兵衛はさすがに渋い顔をして後藤帯刀を黙らせた。

後藤帯刀の、大膳に対する思いはかなり複雑で、どうやら単純な尊崇や憧憬ばかりではなさそうだった。

後藤は己の失言に気づいて口を閉ざしたが、気まずくなる寸前に座敷の襖が開き、食欲をそそる芳ばしい匂いとともに料理が運ばれて来た。

二

(さて、藩邸を訪ねずに、どうやって譜代の江戸家老に接触するか……)

目指す屋敷の周辺をぼんやり徘徊しながら三郎兵衛は思案した。

外堀からも少し離れた小石川《こいしかわ》のあたりは、大藩の中屋敷、下屋敷が多いが、譜代小藩の上屋敷も多い。

最悪、正面から訪問しなければならない場合に備え、一応銀二は連れて来た。中《ちゅう》間《げん》姿の銀二はもとより弁《わきま》えていて、無駄口はきかない。黙って三郎兵衛のあとに随《したが》っている。

「……………」

時折顧みて、そこにちゃんといるかどうかを確認せずにはいられぬほどその気配は微かで、ほぼないに等しい。

（次左衛門の言うとおり、あの日菊之間にいた者全員が一味であったとしても、黒幕とやらの力が及ぶのは旗本までかもしれぬ。それ故、そこまで気を遣うことはないのかもしれぬが……）

仮に、なにかの一味に加担している悪人だとしても、これ以上、誰も無駄に死んでほしくはなかった。

（次左衛門には、しばらく手を引く、と言ってあるから、別に急ぐ必要もないのだが……）

己に言い訳してみるが、誰より気にかけ、早くケリをつけたいと望んでいるのは三郎兵衛自身なのだ。

「貴様、どういうつもりだッ」

「そっちこそ、どういうつもりだッ」

不意に、男同士の怒鳴り合う声が聞こえてきて、三郎兵衛は我に返る。

傍《かたわ》らは、水戸家の中屋敷の長い土塀が続いている。塀の中から聞こえたとは思えない。

チラッと銀二を顧みた。

「なんだ？」

「声がしたのは、あっちのほうですね」

と銀二が指差したのは、水戸家の勝手口のほうだった。

「わざとか？　わざとだな？」

「くだらぬことで、いちいち騒ぎたてるな」

怒鳴り合いはなお続く。

その声にひかれるようにして、三郎兵衛は水戸家の塀をぐるりと巡り、勝手口のほうへとまわり込んだ。

すると、通りを挟んだ先に二軒の武家屋敷が隣り合っており、その門前に多少の人集《だか》りができていた。大方、近くの屋敷の使用人たちだろう。

「くだらぬことではないわッ」

「くだらぬのは、うぬのその馬鹿面よッ」

「なんだと、貴様ーッ」

「文句があるかーッ」

武家屋敷には不似合いな怒鳴り合いであった。

隣り合った武家屋敷の、その隣接する塀にそれぞれ梯子《はしご》をかけ、その上に登って互いに相手を睨み据えている。

双方とも、上等の紋付きを身につけているところから見ても、相応に身分の高い武士のようなのに、やっていることは喧嘩っ早い町場の職人さながらだ。

「奴らは一体なにをしておるのだ？」

野次馬の中の一人――武家の奉公人らしい中年の武士に向かって三郎兵衛は問うた。

彼は三郎兵衛の身なりを一瞥《いちべつ》し、卑しからぬ身分の武士と察すると、

「梅の枝が、塀を越えて隣りのお屋敷まで伸びてきたようでございます」

と丁寧《ていねい》な口調で説明した。

「それだけのことで、あれほど激しく罵《のの》り合っておるのか？」

「それが、枝の先にひっついていた毛虫が、他の木に移り、食い荒らしてしまったようなのでございます」

確かに、一方の塀ギリギリのところに生えた梅の枝が、塀を越えて隣りの屋敷に侵入している。

せめて花でも咲いていればその香りを愛で、さほど大事にならずにすんだのだろうが、伸びた枝の先に招かれざる客がひっついていたとなれば来られたほうは面白くあるまい。

「とはいえ、伸びた枝を切り落とし、迷惑をかけたほうの屋敷へ、酒など持って詫びに行けばすむ話ではないか」

「いえいえ、それでなくても、日頃から仲の悪いお二方ですから、素直に詫びを入れるなどあり得ませぬ」

「日頃から仲が悪いのか？」

「はい。なにかにつけて、争うておられます」

神妙な顔で受け答えしながら、その男の顔つきはどこか楽しそうだった。両家に諍《いさか》いがあるたび、そうして見物に来ているのだろう。

(見世物《みせもの》になっているとも知らず、馬鹿者どもが)

三郎兵衛は無言で進み寄ると、野次馬の最前列——塀のすぐ前に立つ。

立つなり、

「こらーッ、お前たち、よい加減にせぬか」

怒鳴り合う二人に負けぬ大声で叱責した。

「よい大人が、恥を知れッ」

二人は束の間言い合いをやめ、揃って三郎兵衛を見た。

「笑いものになっていると気づかぬか、この、痴《し》れ者どもがッ」

「大目付様？」

「大目付様！」

梯子の上の武士たちは、異口同音に口走り、ともにその場で凍りついている。

「ん？……うぬらは！」

三郎兵衛もまた、改めて二人を熟視した。よく見れば、二人の顔には見覚えがあった。

「何故、大目付様がこのようなところに？」

「もしや、当家においでくださいましたか？」

「なにを言うか。大目付様がおいでくださったのは当家のほうじゃ」

「黙れ、野州の山猿がッ。当家に決まっておろう！」

「黙るのはうぬのほうじゃわ。常陸の溝鼠《どぶねずみ》めッ！」

話題を変えて再び言い合いをはじめた二人に向かって、

「両名とも、黙れいッ」

三郎兵衛は一喝した。

「雉子谷ッ、猪尾ッ」

次いで、咄嗟に思い出した二人の名を呼んだ。

「…………」

二人が恐縮して口を閉ざしたことは言うまでもない。

「うぬら、いつまでそんなところで睨み合っているつもりだ。……いや、いつまで儂を、ここに立たせておくつもりなんだッ」

頭ごなしに怒鳴りつけられて、二人は弾かれたように梯子を下りはじめる。

そこから先は、まさしく競走であった。

梯子を下りた二人が懸命に走って、それぞれの門から飛び出し、三郎兵衛の前に到達したのはほぼ同時であった。

「ようこそ…おいでくださいました、大目付様」

「ほ、本日は……如何なる御用で？」

息切れを感じさせぬよう懸命に声を張りながら二人は言い、三郎兵衛の言葉を待ったが、

「表で大声で、大目付などと呼ぶな、たわけ。……こういうときは、『松波様』とか、

『筑後守様』とか呼ぶものだぞ」

三郎兵衛の返答は素っ気ない。

容易《たやす》く言葉を失った二人を見比べながら、

「ところでお前たち、佐貫藩か飯野藩の江戸家老とは面識があるか？」

三郎兵衛は問うた。

「確か、両家とも、屋敷はこの近くの筈だな？」

「佐貫藩の江戸家老・佐々木金吾殿とは、昵懇《じっこん》にさせていただいております」

「それがしは、飯野藩の新野出雲殿と肝胆相照《かんたんあいて》らす仲でございます」

雉子谷主水と猪尾縫殿助は、口々に言った。

「そうか」

三郎兵衛は軽く肯き、雉子谷と猪尾の顔をしっかり見返しながら、

「では、静かなところでゆっくり話をしようではないか」

満面の笑みを二人に向けた。

「はい、是非当家にて——」

「いいえ、当家においでくださいませ」

二人は口々に言い、早速三郎兵衛を己の藩邸に連れて行こうとする。

「まあ、待て――」

三郎兵衛は一旦断り、

「儂は、そちら二人と話がしたいのだ。どちらかの屋敷に立ち寄らせてもらうとしても、一緒に参らねばならぬぞ、雉子谷、猪尾」

柔らかい口調で言い聞かせるが、

「そ、それは……」

「それがしに、麻生の藩邸へ入れ、と仰せられますか」

二人はともに難色を示した。

「いやなのか？」

「どうか、その儀ばかりは……」

「ご容赦くださいませ」

「なるほど、儂の話を聞く気はない、ということか？」

三郎兵衛は忽ち険しい表情を見せる。

「め、滅相もございませぬ」

「それ故、是非当家へおいでくださいませ」

二人は口々に言い募るが、

「儂に、双方の屋敷へ赴《おもむ》き、同じ話を二度せい、と申すのか」

「い、いえ、それは……」

「そのようなつもりでは……」

三郎兵衛に詰め寄られると忽ち気弱に口ごもる。

「うぬら、わかっておるのか？　儂は、貴様ら二人と話をしたい、と言っておるのだ。一人一人を訪ねて、同じ話を二度もするのは面倒なのだ。となれば、どちらか一人は、相手の屋敷に入ることになる。そのことの、なにが問題なのだ？　そもそもうぬらは、隣人同士ではないか」

畳み掛けるように述べると、一旦言葉を止めて呼吸を整えてから、

「いい加減、矛《ほこ》をおさめて和解せい」

有無を言わさぬ口調で、三郎兵衛は言った。

二人は、もうそれ以上三郎兵衛に抗《あらが》おうとはしなかった。

一月三日、大目付の屋敷の門前で激しく罵り合い、果ては刃傷に及びかけた雉子谷主水と猪尾縫殿助の二人は、その数日後、揃って詫びを言いに訪れていた。

否、二人揃ってしまったのは偶々《たまたま》かもしれないが、偶々外出先から戻った三郎兵衛

が門前で彼らと出会《でくわ》す羽目に陥ったのは、偶然にしても出来過ぎている。

「先日は、御門前をお騒がせいたしまして、まことに申し訳ございませぬ」

平身低頭する二人のことなど、そのときまですっかり忘れていた三郎兵衛だったが、平身低頭しながらも、二人はしっかり、三郎兵衛の顔を見覚えた。

そんなことがなければ、三郎兵衛とて、咄嗟に二人の名を思い出すことはなかったろう。

「不満そうな顔つきだな」

約十年ぶりに麻生藩の上屋敷を訪れてからというもの、終始仏頂面《ぶっちょうづら》の猪尾縫殿助に向かって、三郎兵衛は言った。

「そもそも、啀《いが》み合う理由などなにもあるまい、猪尾？」

「…………」

「十年前、雉子谷がそちに贈った鯛《たい》が傷《いた》んでいたのは、雉子谷が敢えて為したることだと思うか？」

答えられぬ猪尾から雉子谷へと視線を移しつつ、

「では、お前はどうだ、雉子谷。猪尾からの返礼の酒が傷んでいたのは、猪尾の本意と思うか？」

「それがしは、腐った鯛を贈ったおぼえなどございませぬ」

遂に堪えかね、雉子谷は言い返した。

「では、猪尾はどうだ？　傷んだ酒を贈ったのか？」

「め、滅相もございませぬ。左様な真似はいたしませぬ」

猪尾は激しく頭《かぶり》を振って、否定した。

「では、二人とも全く身に覚えがないのだな？」

「はい」

雉子谷と猪尾は、ともに肯く。

「ならば、たまたま偶然が重なったとは思わぬか？　双方とも、それと承知で腐ったものなど贈っておらぬのだろう？」

「…………」

「つまりは誤解だ。つまらぬ誤解で、いつまでも啀み合っているのがよいと、本気で思っているのか？」

「…………」

「どうなのだ？」

「思っておりませぬ」

雉子谷と猪尾は異口同音に答えた。

ともに、なにかを振り切ったらしい顔つきであった。

「ならば、ともに手を携えることもできような？」

「はい、できます」

駄目押しのような三郎兵衛の問いに、雉子谷と猪尾はともに力強く肯いた。

肯くのを見届けるや否や、

「では、二人に折り入って頼みたいことがある」

三郎兵衛は早速切り出した。

「え？」

「なんだ、いやなのか？」

二人が意外そうに見返してくるので、三郎兵衛は些か居丈高《いたけだか》にならざるを得ない。

「いいえ、滅相もない」

「私共にできることでしたら、なんなりと」

二人はすぐに諾意を示した。

「どちらの屋敷にてもかまわぬ。一両日中に、茶会を開け」

という三郎兵衛の言葉に、雉子谷も猪尾も、特に反応はしなかった。いちいち話を止めて不興を買う必要はない、と割り切ったのだろう。

「茶会には、佐貫藩と飯野藩の江戸家老を招くのだ。……そちらは、昵懇だと申しておったな？　されば、茶会に招いても不自然ではないな？」

「それは、もう……」

「不自然なことなど、なにもございませぬ」

と一旦同意を示してから、

「その茶会に、松波様はおいでくださるのでしょうか」

雉子谷と猪尾は、遠慮がちに、問い返した。

「当然だ」

三郎兵衛は大きく肯いた。

「それは、如何なる――」

「聞くな、雉子谷」

三郎兵衛はすかさず言って相手の発言を封じ、次いで、

「いまはまだ言えぬ。だが、首尾よくことが運んだ暁には、そちらの望みも叶えよう。……それで、どうだ？」

意味深長に問いかけると、二人は無言で肯いた。それ以上、三郎兵衛になにも問お

うとはしない。一度手を組めば、実はこれほど息のあった相方もないのではないか。

(長年諍い続けてきた相手とは、存外そういうものよ)

三郎兵衛はぼんやり納得していた。

三

「本日は、お招きいただきまして——」

佐貫藩江戸家老の佐々木金吾は恭《うやうや》しく一礼してから座に着いた。

飯野藩の新野出雲も、それに続いた。

茶室に案内される前の控えの間だ。

藩主が国許にいて不在であるため、屋敷内の人数は少ない。その殆どが、顔見知りだ。

麻生藩の上屋敷には、佐々木も新野も、何度か招かれたことがあり、特に奇異なことはなにもなかった。

ただ、誘いが少々唐突で、性急だったような気はするが、そういうこともときにはあるだろう。

「こちらでしばしお待ちくださいませ」

顔見知りの用人が恭しく言って引っ込んだ直後、カラリと襖が開き、

「大目付・松波筑後守である」

黒紋服姿の壮年の武士が名乗りながら入って来た。

「え？　大目付様……」

「な、何故大目付様が……」

佐々木と新野はともに驚いた。

もとより、三郎兵衛と面識はない。一昨年就任したばかりの新任の大目付であることは知っている。就任当時、何度か屋敷まで挨拶に伺ったが、会ってはもらえなかった。

それが、突然なんの前触れもなく目の前に現れた。驚き、戸惑うしかない。

「両名とも、一月四日、菊之間にいたな？」

三郎兵衛の唐突な問いにも答えず、ポカンと口を開けている。

「おい、佐々木？」

少し年嵩《としかさ》の佐々木に視線を向け、返事がないので、

「新野？」

小肥りの新野のほうにも声をかけるが、同様に返事はない。

「おい、お前たちッ」

三郎兵衛は声を荒らげた。

「は、はい」

二人は漸く我に返る。

「あの日菊之間にいた旗本たちが全員死んだことは知っているな？　黒沼も、細田も河井も神山も、死んだのだ。それがなにを意味するか、お前たちにはわからぬか？」

「そ、それは、どういう……」

「黒沼殿や細田殿が亡くなられたとは？」

二人は忽ち狼狽《うろた》えた。

黒沼たちの死は、遺族や家人が届け出るため、三郎兵衛のような立場にある者の耳にはすぐに伝わるが、しょっ中屋敷を行き来するような間柄でもなければ、伝わっていなくても無理はない。

二人は、黒沼らの死を、たったいま三郎兵衛の口から知らされたのだ。

その動揺たるや、大変なものだった。

「そ、それで、黒沼殿は何故お亡くなりに？……あ、他の方々も……」

「黒沼は病死。他の三人は毒きのこにあたったそうだ」

「え？」

「それはまことでございますか？」

「届けではそうなっておるが、殺されたに決まっていよう」

「………」

二人の満面が、見る見る驚愕と恐怖に染まってゆく。

「まさか……」

「何故……」

「このままでは、遠からずお前たちも同じ運命を辿ることになるぞ」

三郎兵衛は軽く脅したつもりだったのに、想像以上の効果であった。

「お…同じ運命とは？」

「まさか、我らも殺されると？……な、何故に？」

「口封じに決まっていよう」

「口封じ！」

二人は異口同音に口走り、そして口を閉ざした。

「それがいやなら、なにもかも、包み隠さず話すのだ」

「………」

二人の面上からはすっかり血の気が失せている。

「よいか、下手に隠しだてしたり、嘘をつけば、罪の上塗りになるぞ」

と三郎兵衛は更に脅し、

「あの日菊之間でなにがあった？　福山大膳は何故死んだのだ？」

とうとう、真正面から二人に問うた。

「………」

二人は互いに顔を見合わせ、だが口を噤んだままである。

「あの日菊之間におったうぬらの役割はなんだ？　見張りか？　それとも、殺害にも加わっておるのか？」

「殺害などと、滅相もない！」

「我ら断じて福山殿を手にかけたりなど、しておりませぬ！」

二人は懸命に言い募った。

「では、うぬらは何故正月四日から登城した？　旗本連中はまだわかる。だが、大名家の江戸家老であるうぬらが、上様への拝謁もかなわぬと承知の上で、何故登城したのだ？」

「それは……」

「正直に話すのだ。されば、悪いようにはせぬ」

三郎兵衛は強く促したが、一旦閉じられた二人の口を開かせるには些かのときを要した。

（言うだけのことは言った。脅しも充分だ。あとはこやつらに、なにが賢い選択かを思案できるだけの分別があれば……）

三郎兵衛は気長に待った。

「富籤《とみくじ》が、当たったのでございます」

遂に観念したかのように口火を切ったのは佐々木金吾のほうだった。

「富籤だと？」

「我らは、金を出し合ってともに富籤を買うておりました。……一枚二朱《しゅ》の百両札、皆で少しずつ金を出し合って大量に買えば、当たる確率も高くなりまする。当たった金は全員で山分けとなりますが……」

三郎兵衛の疑問に答えたのは新野出雲である。

「それでも、百両当たれば、なかなかによい小遣いとなりました」

「それほど、当たるのか？」

「なにしろ、一度に百枚から買いますので、三度に一度くらいは当たります。……もとより、すべて黒沼殿に誘われてのことでございますが」

「黒沼らとは、平素から昵懇であったのか？」

「我らが江戸詰となってまもなく、黒沼殿から、江戸での楽しみを御指南いただきまして……江戸家老の主な務めは、他藩の御家老方とのつきあいでございます。ところが、我らのような田舎者はろくに遊興の場所も知らぬため、お旗本の方々からあれこれ御指南いただくのでございます」

「黒沼のような札付きの悪達者《わる》が指南できるのは、どうせ悪所ばかりであろう」

吐き捨てるように、三郎兵衛は言い放った。

佐々木も新野も、否定しなかった。

「仲間に入らなかった福山のことが目障《めざわ》りだったのだな？」

「確かに、若い福山殿は、当初我らのそうしたつきあいを嫌っておられました。……されど、富籔の仲間には、自ら進んで入られたのでございます」

「なんだと？　福山が自ら進んで？」

「はい。我らとのつきあいというよりは、純粋に金子《きんす》を欲してのことと思われます」

という新野の言葉には、三郎兵衛も無意識に肯いていた。

若年寄の役を得るために、高利貸しで儲けていたような男だ。僅かの出費で小遣い稼ぎできるとなれば、そこは割り切って参入するだろう。

「福山殿は、金子に執着しすぎたのでございます」

新野の話の先を佐々木が引き取って言葉を継いだ。

「あの日も、分け前を寄こせ、と黒沼殿に執拗に迫られて……」

「旗本衆は、二度に一度は当たり富を我らに知らせず自分たちだけで専《もっぱ》らになされ、それは、我らも薄々気づいておりましたが、全く貰えぬよりは少しでも分け前をいただけるほうが有り難いので、目を瞑っておりました」

「だが、福山は目を瞑らなかったのだな？」

「はい」

「執拗に分け前を迫ったから、黒沼に殺されたのか？」

「いえ、黒沼殿とて、決してそんなつもりではなかったかと……福山殿が激しく詰め寄り、揉み合いになり、足が滑って……」

そこまで言って、佐々木はそのときのことをありありと思い出してしまったのかもしれない。不意に言葉を止め、両手で顔を覆ってしまった。

「それでどうしたのだ、佐々木？」

三郎兵衛は厳しく問いかけた。肝心なところだ。それは性急に問い糾《ただ》したくもなる。

「福山殿が足を滑らせ、火鉢に頭を打ちつけたのでございます」

思考停止した佐々木に代わって、新野が言葉を継いだ。

「火鉢に頭を打ちつけ、動かなくなった福山殿を、このまま屋敷にお帰ししよう、と言い出したのは黒沼殿でございます」

「その場にいた誰一人、侍医を呼ぼうとはしなかったのだな?」

「………」

三郎兵衛の問いに、佐々木も新野も答えを躊躇《ためら》った。当然だ。人間性を問われるその種の問いには、注意深く返答せねばならない。

「よくわかった。お前たちは、同じ譜代でありながら福山を救わず、黒沼の言うなりになった。……恥を知れ」

三郎兵衛の叱責は、二人の心に重い楔《くさび》を打ち込んだ。ともに深く項垂《うなだ》れたまま、三郎兵衛の次の言葉を待った。

「但し、黒沼以下、首謀者は既にこの世を去っておる故、今更うぬらに責めは負わせぬ。故人の名誉にも関わることだ。他言は無用ぞ」

だが三郎兵衛は最早無用の叱責はせず、静かな口調で述べただけだった。

四

（しかし、富籤とはのう）

正直なところ、完全に拍子抜けであった。

もとより、三郎兵衛とて二人の言うことを頭から信じたわけではない。

或いは、佐々木と新野こそ首謀者であるという可能性もなくはなかった。

稲生正武の言うように黒幕がいるとすれば、なるほどと肯ける点はある。こう言ってはなんだが、でまかせの作り話をするにせよ、田舎育ちの譜代の頭から、富籤という発想が湧くとは思えないのだ。すべて黒幕の指図に違いない。

（まあ、しばらく二人を見張らせていれば、そのうちわかることだろう）

そんなことを考え、数日登城せずにいた三郎兵衛のもとに、やはり数日ぶりに桐野が戻って来た。

「御前に、見ていただきたいものがございます」

小面《こおもて》の貌《かお》をした桐野からそう切り出されたとき、正直三郎兵衛は怖かった。桐野は、美しく見えるときが一番怖い。それ故すぐには返事ができず、答えを躊躇った。

だが桐野は容赦なく答えを迫る。

「これよりおいで願えまするか」

「いますぐか？」

「はい。できれば、これよりすぐに――」

美しい小面は眉一つ動かさない。

黒水晶の如き瞳で三郎兵衛を見返していた。本来黒水晶には魔を祓う力があるというが、いまは桐野その人が魔性そのものであった。

「わかった」

三郎兵衛は頷いた。

仕方ない。魔性に敵する術はない。

実際にそんなことはあり得ぬが、ここで難色を示せば、なにをされるかわからない、とさえ錯覚した。

「参ろう」

悲痛な覚悟で三郎兵衛は応じたが、もし彼の内心を桐野が知れば、

「御前の命《めい》に従っているだけでございます」

表情も変えず淡々と答えるだろうが、内心では蓋《けだ》し落胆するだろう。

松平主殿頭《とのものかみ》の下屋敷を右手に見ながら権之助坂《ごんのすけざか》を上《のぼ》りきると、あたりの景色はめっきり田舎びる。田舎道を進んで太鼓橋《たいこばし》を渡り、人家の途絶えがちな道をなお行くつもりらしい。真っ直《まっす》ぐ進めば目黒不動《めぐろふどう》が近い筈だが、桐野の足はそちらには向かわず川に沿って下るようだ。

「足下《あしもと》が悪うございますので、お気をつけください」

三郎兵衛を連れて屋敷を出た桐野は、泥濘《ぬかるみ》の多い郊外に至るまではほぼ無言であった。

朝方の霜柱が溶けて泥土と化した畦道《あぜみち》は確かに歩きにくいが、三郎兵衛にとってはものの数ではない。

一面の薄《すすき》野原とところどころ群生する雑木林の中は、市中とは一線を画する。ときに野生の小動物が足下を横切って行った。

(一体どこまで連れて行く気だ)

畦道を、更に一刻以上も歩いたろうか。

三郎兵衛が内心大きな溜め息をついた瞬間、

「こちらでございます」

と桐野が少しく三郎兵衛を顧みた。

畦道からもやや奥まったところにある雑木林に入って行くようだ。

林の中には独特の静寂があるが、同時に奇妙な物音や鳴き声もある。風が枝葉を騒がせる音や、低い梟《ふくろう》の鳴き声だろう。白昼にあるまじき仄暗さが不安をかき立てるのか、それらの音声が恰《あたか》も、物の怪の鳴き声にも聞こえる。

「なんだ、あれは？」

そのとき三郎兵衛の目に映ったのは、古びた小さな祠《ほこら》であった。

「土地神を祀《まつ》った祠かと」

「それはわかっておるが」

三郎兵衛が戸惑っていると、

「既に掘り出しましてございます」

その不安を煽るかのように、桐野は謎の言葉を吐く。

「掘り出した？　なにをだ？」

いやな予感に突き動かされて、三郎兵衛は無意識に足を速めた。

桐野から遅れぬよう数歩後ろを歩いていたが、すぐ追い着いて隣りに並ぶ。

「あの祠に行くのだな？」

問うてみるまでもないことだった。

桐野もそう思ったのだろう。答えなかった。

三郎兵衛は遂に桐野を追い越し、自ら先に祠の前に立つ。

観音開きの戸に手を掛けると、一気に引き開ける——。

かなり堅いが、力をこめれば容易く開く。

「う……」

祠に一歩入るなり、三郎兵衛は激しく噎《む》せそうになった。

せいぜい二、三坪の狭い空間に、猛烈な屍臭《ししゅう》が漂っていたのである。

それもその筈、彼の足下には、三体の死骸が転がっていた。

「な……」

さしもの三郎兵衛も、これには些か肝を冷やした。

「なんだ、これは？」

「おそらく、旗本の細田、河井、神山の三名ではないかと思われます」

「なんだと？」

三郎兵衛は即座にしゃがみ込み、黒紋服を身に着けた三つの遺体を検《あらた》めた。

祠の中は薄暗く、すぐ側に寄らねばよく見えないが、なにしろひどい屍臭のその大《おお》本《もと》だ。三郎兵衛は無意識に袂で鼻と口を覆っている。

「毒きのこにあたって死んだ細田らの遺体が、何故このようなところに放置されているのだ？……それにこれは、昨日今日亡くなった者の遺体ではない」

どす黒く変色した膚《はだ》の感じから、死後ひと月は経ているものと思われた。

三郎兵衛は生前の細田らと会っているが、それはあくまで生きているときの彼らである。死体を見ても、それが本当に己の知っている者たちなのか、自信はなかった。

そもそも、三郎兵衛が彼らと会ったのは、ほんの数日前のことだ。

然るに死後ひと月を経た変貌著しい死体を、桐野は細田らだと言い張る。

即ち、それはなにを意味するのか。

「どういうことだ、桐野？」

どの遺体も、鳩尾《みぞおち》の急所をひと突きされており、激しく争った形跡も、ひどい傷跡なども見られなかった。明らかに、暗殺に長《た》けた玄人《くろうと》の技だった。

「このお三方は、おそらく同じ時期に殺され、この祠に遺棄されました」

「それはわかった。だが、何故この死体が、細田、河井、神山の三人だと思うのだ？儂は数日前、城中にてこやつらと会っておるのだぞ」

「御前が城中にてお会いなされた方々は皆、偽者と思われます」

「だから何故、それがわかるのだ？」

「細田らの屋敷の家人に聞いたのでございます」

桐野は僅かに語気を強めた。

「ひと月ほど前、主人がひと晩屋敷をあけることがあり、吉原にでも逗留したものと思うていたが、翌日戻って来たときにはどうも違和感があった、と――」

「どんな違和感だ？」

「まるで別人のようであった、と」

「ならば、何故そのときに異を唱えぬのだ？　別人のような主人に、ひと月以上も仕《つか》えてきたのであろうに」

「日頃から、家人に対しては頭ごなしに罵倒し、人とも思えぬ扱いをしてきた者が、なにやら急に優しくなり、扱いもよくなった、と申しておりました。となれば、そんな主人を、家人たちはどうすると思われます？」

「どう…と言うて……」

「目をつぶります」

桐野は淡々と言葉を継いだ。

「別人かもしれぬ、と疑いつつも、以前より優しくなった主人を、家人らは受け入れます。異など唱えるわけがありませぬ」

「家人らはそうかもしれぬが、城中の者はどうだ？　朋輩が、ある日突然別人のようになれば、奇異に思うではないか」

「それ故、菊之間詰めの旗本を、四人そっくり入れ替えたのでございます」

「そっくり、入れ替えただと？　ならば何故、黒沼の遺体だけここにないのだ？」

「黒沼だけは、他の三人とは別にかなり早い時期からすり替わっていたのではないでしょうか？　いまとなっては確かめる術もございませぬが」

「なんのためのすりかえだ？」

「己の——黒幕の意のままになる者をふやすためでございます」

「だ、だが…双子か、せめて血の繋がりのある兄弟でもない限り、顔を似せることなどできぬではないか」

「いいえ、双子でなくても、顔立ち体格の似通った者であれば、充分に誤魔化せます。人は、たとえ隣人であっても、日頃親しくしていない者の顔をまじまじと見たりはいたしません」

「そうかもしれぬが……」

三郎兵衛は少しく口ごもってから、

「福山大膳の命を奪うことに、そこまでする必要があったのか？　それが、黒幕とやらの狙いなのか？」

振り絞るような声音で三郎兵衛は問いかけた。

「わかりません」

桐野はあっさり首を振った。

「すり替わっていた偽者たちも皆死んでしまったいま、何一つ、真実はわからずじまいでございます」

「お前はどうやってこの死体に辿り着いたのだ？」

「屍臭でございます」

「屍臭？」

「我らの嗅覚は犬と同程度でございます」

「なるほど」

「なれど、わからぬことはもう一つございます」

「なんだ？」

「遺体を、もっと人の立ち入らぬ山深きところにでも埋めてしまえば、或いは、我らの嗅覚でも探しあてるのは難しかったかもしれませぬ。そもそも、用がなければ山中になど踏み入りませぬ」

「なにが言いたい？」

「このあたりは、民家が少ないとはいえ、ごくたまに、薬草や山菜を採る者や、野生の生き物を獲る者たちが踏み入ってまいります。雨など降れば、この祠で雨宿りするかもしれませぬ。……我らほどの嗅覚がなくとも、遺体は容易く発見されたでしょう」

「わざと、発見し易い場所に放置したというのか？」

「そうでなければ、こんな中途半端な場所に遺体を放置するわけがありません」

「ちょっと、待て。遺体はこの祠に放置されていたのか？」

「はい」

「最前お前は、『掘り出した』と言ったではないか。掘り出したのは、遺体でないとすれば、一体なんだ？」

「それは……」

一瞬躊躇ってから、

「お着物でございます」

桐野は答えた。

「着物？」

「お三方の御遺体は、一糸まとわぬ姿で、ここに放置されておりました」

「なんだと！」

「お着物や差し料などは、祠の外に埋められていたのでございます。明らかに、なにかが埋まっているとわかるように埋められておりましたので、掘り出して、御遺体にお着せし、差し料を揃えて体裁を整えました。……御直参の方々に、恥をおかかせするわけにはゆきませぬ故」

「そうか」

肯きながら、三郎兵衛は再び三人の遺体に視線を落とした。

せめて、生前一度でも会ったことのある者なら、なんらかの感情が湧くかもしれないが、桐野の言うとおりであれば、三郎兵衛が会った者たちは入れ替えられた偽者である。なんの感情も湧く筈がない。

「黒幕とやらは、一体なにを考えておるのだ」

三郎兵衛は半ば途方に暮れた。

桐野の言うことが如何に荒唐《こうとう》無稽《むけい》であっても、おそらくそれは真実なのだ。それはわかる。

「わかりませぬ。遺体さえ見つからねば、すり替わりに気づかれることもなかったでしょうに、何故わざわざ遺体を放置して、我らが気づくよう仕向けたのか――」

「旗本を誘拐して偽者と入れ替えたなどと、こうして遺体を見せられても信じられんな。……そもそも、入れ替える目的はなんだ？　此度《こたび》のように、城中で誰かを殺すことか？」

「さあ……今回の福山殺しは、たまたまかもしれませぬし……他にも入れ替えられたお旗本がいるのかどうかも……」

「あまり、頭の痛いことを言うな、桐野。日頃身近にいる家人たちでさえ気づかぬ……いや、気づいても言い出さぬのであれば、どうやって儂らが見極めるというのだ」

「…………」

「だが桐野、お前の推測には、なにかが欠けておる」

一時の驚きと混乱がおさまると、三郎兵衛は冷静さを取り戻した。

「結局すべては、お前の憶測であろう。確かな証は何一つない。三人の死体を、わざわざ発見しやすいところへ放置した、などというのは、その最たるものだ。三人を同時に暗殺したはよいが、始末に困ってここに放置したのかもしれぬ」

「え？」

三郎兵衛の言葉は、桐野を少なからず動揺させたようだ。

「譜代の二人は入れ替わっておらぬのか？」

「え？」

「菊之間の旗本だけを入れ替えて、何故譜代は入れ替えぬ？」

「御譜代の方々は……それほど頻繁に登城されるわけではないので、なかなかその機会がなかったのではないでしょうか？」

少しく小首を傾げて思案しつつ桐野は逆に問い返し、

「矢張り入れ替えておらぬのか。だが、譜代もそっくり入れ替えてしまえば、仕事が楽になるのではないのか」

三郎兵衛の口調は少しく面白がっているようでもあった。

「なにを仰有《おっしゃ》りたいのでございます？」

桐野は不審そうに問い返した。

「以前お前は、西国の大藩を動かすよりも、江戸の旗本と関八州の小大名を取り込むほうがずっと容易く、手っ取り早いのではないか、と言った。……取り込むどころか、己の意のままになる偽者と入れ替えられればもっと手っ取り早いではないか」

「それは……」
桐野の顔色が変わり、なにか言いかけたとき、だが、
バン！
不意に鋭く鳴り響いた銃声が、それを邪魔した。
いや、はじめから銃声だと気づいたわけではない。
音がするのと殆《ほとん》ど前後して、
「伏せてください、御前ッ！」
銃声にも負けぬ大音声で、桐野が叫んだのだ。
三郎兵衛は黙って従った。
そこから先の行動は、思考ではなく本能によるものだ。
素早く床に伏せ、身を竦めた次の瞬間、
ダンッ、
だだだだだッ、
ぐぁん、
ぐぁん、
ぐぁん……

複数の銃声が三郎兵衛の頭上を猛然と襲っていた。

三郎兵衛は両手で頭を抱えて攻撃のやむのを待った。

が、いつまでたっても、弾丸が尽きることはなさそうだ。鉛の弾を間断なく放たれて、祠の壁もほぼ原形をとどめていない。

弾は、三人の旗本の遺骸にも情け容赦なく当たっている。

地獄の光景を目の当たりにし、自らも命の危機に瀕しながら、

（そういうことか）

三郎兵衛はぼんやり察した。

「裏切ったのか、桐野？」

思わず口に出したが、桐野からの返答はなかった。間断なく放たれる銃声で聞こえないのか、或いは既にそこにはいないのか。

三郎兵衛には振り向いて確かめることができなかった。確かめずに、

「桐野ッ」

ただ叫んだだけだった。

だが叫び声はさほど響かず、銃声に虚しくかき消されただけだった。

第五章　泡沫《うたかた》の夢

一

松波三郎兵衛が忽然《こつぜん》と姿を消した。

勿論《もちろん》表沙汰にはしていないが、隠せば隠すほど、噂はジワジワと広まってゆく。

「ジジイがひと晩やふた晩、家を空けたくらいで、大騒ぎするなよ」

はじめのうちは静観していた勘九郎も、五日を過ぎるとさすがに冷静ではいられなくなった。

「一体何処に行っちまったんだよ！」

彼方此方《あちこち》捜しまわったが、その行方は杳《よう》として知れない。

こんなとき、一番頼りになる桐野がいないことがなにより痛手であった。

桐野と一緒に出かけたことはわかっていたが、行き先もわからぬ上、その桐野も同様に消えてしまったのだ。

「どういうことなんだよ？」

「俺に聞かれても……」

勘九郎の問いに、堂神は困惑するばかりであった。

「桐野からは、なにか知らせはないのかよ？」

「ねえよ。そもそも師匠のほうから俺になにか言ってくるなんてこたあ、殆《ほとん》どねえんだよ」

勘九郎の心中など一向《いっこう》意に介さぬ如く堂神は嘯《うそぶ》き、勘九郎を苛立《いらだ》たせる。

「じゃあ、道灌山に登れよ」

勘九郎は思わず語気を荒らげた。

「え？」

「道灌山の杉の木のてっぺんから、桐野を捜せよ。お前には見えるんだろ？」

「言われなくても、何度も捜しておるわい」

頭ごなしな言い方をされて、堂神もさすがにムッとしたようだ。

「見つからないのか？」

「見つけたら、とうに出向いておるわい」

堂神は堂神で、消えてしまった桐野の行方を捜しあぐねていた。

「何処に行ったか、わからないのか？」

「ああ、わからねえ」

堂神が苦しげに呻くのを見て、勘九郎は漸《ようや》く我に返った。

堂神を責めたところでどうにもならない。

「ったく、二人とも何処行っちゃったんだよ」

我に返るとともに、途方に暮れるしかなかった。

「桐野がなにを調べてたのか、少しは聞いてねえのかよ？」

藁《わら》にも縋《すが》る思いで問うが、

「師匠がなにかを調べに行っている間、俺はこのお屋敷やお前さんを護るように言われてたんだぜ。聞いてるわけねえだろうがよ」

勘九郎の心情を理解しつつも、堂神の答えは身も蓋《ふた》もない。

堂神とて、道灌山にばかり登っているわけではない。

桐野がなにを調べていたかはわからぬながらも、堂神なりに市中や郊外をまともに捜してみた。これでも一応、お庭番の端くれだったこともある。人捜しの術《すべ》くらいは、心得ている。それでも、桐野を見つけることはできなかった。

(この前みてえに、遠くに行っちまったのかなぁ)

とも思ったが、そういう場合には、松波家と三郎兵衛の護衛を堂神に託していく筈だ。なにも言わずに何日も江戸を留守にするなどあり得ない。

(まさか、師匠の身になにかあったとは思えねえが……)

一抹の不安が胸を過《よぎ》らぬでもなかったが、必死にそれを打ち消した。

なにかあったとすれば、矢張り三郎兵衛のほうだろう。

勘九郎にはとても言えないが、いくら日頃元気で若々しいとはいえ、年齢が年齢だ。なにかあってもおかしくはない。

しかも、四六時中何者かに命を狙われているのである。

(寧《むし》ろ、なにかないほうがおかしいわい)

三郎兵衛の身になにかあって、それをなんとかしようと桐野が奔走している。

そう考えるのが自然である。

(でもなあ、いなくなっただけであれほど取り乱してる若さんには、とても言えねえよなぁ)

桐野が戻ってこないのも、或いは勘九郎を見るのが忍びないからかもしれない。

谷山村《たにやまむら》の山中で妙なものを見つけた、と銀二が勘九郎に報告してきたのは、三郎兵衛と桐野が失踪してから六日目のことだった。

実は銀二は、三郎兵衛と桐野が出かけるところを見かけていた。そのとき、三郎兵衛のどこか冴えない顔つきが気になり、余程あとを尾行《つ》けようか迷ったが、桐野と一緒なのだから、と己に言い聞かせた。

桐野がついているのに、なにも自分のような者が出しゃばることはない。

だが、その日から三郎兵衛も桐野も戻っていないと聞き、激しく後悔した。

それ故あの日二人が去ったあとを、徹底的に探し歩いた。二人の辿った道が谷山村に続いていることはすぐにわかったが、草深い山道の先になにがあるのか、銀二には見当もつかなかった。

そのため、ほぼ破壊されてしまった、古い祠《ほこら》のあとを発見するのに些《いささ》かのときを要した。

「なんだ、これ？」

勘九郎は怪訝そうに銀二を見返した。

四囲の壁も屋根もなく、ただそこになにか建物らしいものがあった、という僅かな痕跡だけが遺《のこ》っている。

「土地神の祠みてえなもんが建ってたんでしょうね」

「祠？　なんにもないじゃないか」

「未だに火薬の匂いが残ってます。おそらく、鉄砲を、激しく撃ちかけられたんでしょうよ」

「鉄砲？　それでこんなに、跡形もなくなっちゃうのか？……鉄砲じゃなくて、大砲をぶち込んだんじゃないのか？」

「それより、若、ちょっとここいらへんをよく見てくださいよ」

と銀二が示したあたりを見ると、僅かに残った床板の跡と、土に転がる小石の上などに、夥《おびただ》しい量の黒い染みがある。

「あれから、一度も雨は降ってません。これは血の跡じゃねえかと思うんですがね」

「これが血の跡なら、しっかり撃たれてるってことじゃないか」

勘九郎は忽ち目を剝いてその染みを凝視する。

「撃たれて手傷を負った体で、何処に消えちまったんだよ」

「撃たれたのが御前《ごぜん》とは限りません」

「じゃあ、桐野が撃たれたっていうのか？　それこそ、あり得ねえよ」

「撃たれたのは、御前でも桐野さんでもねえのかもしれません」

「じゃあ、一体誰なんだよ？」

強い語調で問い返してから、

「そもそも、ここで誰かが撃たれたのなら、そいつの死骸がここになくちゃおかしいだろうが」

勘九郎は見当違いな怒りを露わにした。

「そいつの死骸は、そいつの仲間か誰かが片づけたんでしょうよ」

「だいたい、祖父さんと桐野は、なんでわざわざ、こんなところへ来たんだよ？　ここに来て鉄砲で撃たれたとしたら、まるで桐野が祖父さんを……」

言いかけて、だが勘九郎は途中でやめた。

最も考えたくない可能性であった。

(桐野が祖父さんを誘《おび》き出した？)

だが、考えたくないと思えば思うほど、勘九郎の頭の中にはその可能性が満ちてゆく。

それがいやで、

「そういえば、少し前、銀二兄は祖父さんのお供をさせられてたよな？」

とってつけたように、つと話題を変えた。

「え？……ええ、まあ」

「あれはなんのためだったの？」

「大目付が譜代の江戸屋敷を訪問するのに、供の一人も連れてねえんじゃ恰好つかないからって……」

「譜代の江戸屋敷に、なにしに行ったんだよ」

「詳しいことは存じません」

「ふうん、そうなんだ」

不満ではあったが、勘九郎はもうそれ以上そのことについて銀二に問うことを諦めた。本当になにも知らないのか、それとも話すことが憚《はばか》られるので知らぬことにしているのか。

どちらにしても、一度銀二がそう言った以上、訊いても無駄だ。それが《闇鶴《やみづる》》の銀二という男だ。

「祖父さん、死んじゃったのかな」

「若！」

「桐野は祖父さんの首を手土産《てみやげ》に、敵に寝返ったってことか？」

「およしなさい、若」

厳しい口調で銀二は制止する。

「もういいんだよ、銀二兄。……もし桐野の企みだとしたら、祖父さんはどうしたって逃れられねえ」

「まだそうだと決まったわけじゃねえんです。決めてかかるのはよくありません、若」

銀二は真顔で勘九郎を見返した。

「なにがよくないんだよ？」

「御前は、屹度《きっと》ご無事でいらっしゃるということです」

「なに言ってんだよ。……鉄砲で撃たれたって血の染み見せといて、今更なに言ってんだよ」

「どこかに身を隠して、傷を癒しておられるのかもしれねえじゃねえですか」

銀二の言葉は、気休めにしか聞こえなかったが、勘九郎は忽《たちま》ち泣きそうな顔になった。

「桐野さんだって、なにか事情があったんでしょうよ」

要するに銀二は、勘九郎の本音を代弁してくれている。それが救いでもあり、同時に辛くもあった。厳しい現実の前では、どんな救いも願いも所詮は気休めにすぎない。

銀二の気休めを本音の部分では嬉しく思いながらも、だが勘九郎は儚《はかな》い願いなど抱かぬよう、内心厳しく己を戒《いまし》めていた。


「師匠を見つけたぞ」

堂神が言ってきたとき、勘九郎は半信半疑であった。

「何処にいた？」

「何処って言われても、はっきり誰の屋敷かは行ってみねえとわからねえけど、師匠が入ってくとこを見た」

「道灌山の上からか？」

「ああ、道灌山の、あの杉の木のてっぺんからだ」

「本当に登ったのか？」

「あんたがそうしろ、って言ったんだろうが」

「…………」

勘九郎は閉口した。

（本当に見つけたのかよ？）

「俺が、師匠を見間違うと思うか？」

まるで勘九郎の心の声に答えるかのように堂神は言う。

「それより、行く気があるのかよ？　どうなんだよ？」

堂神は真顔で詰め寄るが、勘九郎はいよいよ困惑するしかない。そもそも、道灌山の杉の木の上から見える、という堂神の視力自体を、疑っているのだ。見間違う以前に、見出《みいだ》すことができるのか？

半信半疑ながらも、

「上から見ただけで、その場所へ行けるのか？」

勘九郎は問うてみた。

「行ける」

堂神は力強く請け負った。

実際、堂神の人間離れした能力を何度も見せられている。

「じゃあ行こう」

勘九郎の決断は早かった。

知り合ってからの日は浅いが、堂神への信頼は存外厚い。というより、いまは藁にもすがる思いだ。

道灌山の上から見た、という堂神の方向感覚に全幅の信頼をおいたわけではないが、兎《と》に角《かく》勘九郎は堂神に随《したが》った。

堂神が勘九郎を連れて行った先は、武家屋敷の多い八丁《はっちょう》堀《ぼり》界隈である。

「ここだ」

と自信満々に堂神が言い切ったのは、どうやら五、六百石ほどの古い旗本屋敷のようだった。

「誰の屋敷だ？」

「俺にわかるわけがないだろう」

堂神は困惑した。

当然だ。屋敷に出入りする乗物の家紋を見て家名を言い当てられるほど、堂神は武家社会に精通してはいない。

「武家の坊っちゃんなんだから、あんたのほうが詳しいだろ」

と言い返され、勘九郎は堂神以上に困惑した。

「俺にだって、わからねえよ」

仕方なく答えてから、勘九郎はふと堂神を見返して問うた。

「お前、お庭番だったんだから、武家屋敷に忍び込んだりはできるんだよな？」

「え？　俺に忍び込めって言うのか？」

「できないの？」

「う〜ん、どうだろう」

堂神は首を捻り、本気で悩みはじめた。

「あんまり得意じゃなかったんだよなぁ。……師匠からも、お庭番に向いてないって言われたし……」

「じゃあ、お庭番をしてた頃は、どういう仕事をしてたんだよ？」

「どうと言うて……まあ、邪魔な奴を殺したりとか、裏切り者を追いかけてヤキ入れたりとか……」

「つまり、桐野みたいになんでもできるわけじゃないのか？」

「師匠は特別だ」

仏頂面《ぶっちょうづら》ながらも、どこか一抹嬉しげな様子で堂神は言う。

「あんなになんでもできる人は、お庭番の中にもそういるもんじゃねえよ。……師匠にできねえことといったら、せいぜい術くれえかな」

「術って、妖術みたいな？　化け物出して見せたりとか？　桐野ならできそうな気もするけどな」

「いいんだよ、術なんか使えなくても。あんなのは、弱い奴が習うもんだ」

言っているうちに、だんだんその気になってきたのか、

「忍び込むくらいなら、俺にもできるぜ。真っ先に師匠から伝授されたんだ」

「じゃあ、あの屋敷に忍び込んで、本当に桐野がいるのかどうか、調べられるか？」

「ああ」

「本当に、桐野が入ってったんだよな？」

「ああ、何度も言わせんなよ」

「大丈夫なんだよな？」

「なにがだよ？」

「捕まったりしねえよな？」

「つ、捕まらねえよ」

勘九郎に強く詰め寄られて、堂神は慌てた。

「屋敷の奴らに見つかったらどうすんだよ？」

「そんときは、煙玉投げつけて、ずらかるよ」

「本当に、大丈夫なんだよな？」

「大丈夫だよ。しつこいな、あんた」

「困るからだよ」

「え？」

「祖父さんも桐野もいなくなっちゃって、この上お前にまでいなくなられたら、困るだろうが」

本音の迸《ほとばし》る勘九郎の言葉に、堂神は半ば呆れ、半ば歓んだ。勘九郎の、そういう人の好さが、堂神は決して嫌いではなかった。

「松波筑後守は死んだ」

失踪の噂が流れて十日も経つと、それは次第に死亡説へと変わっていった。

相役で上司の稲生正武には、一応病《やまい》だと届け出たが、どうやら信じていないらしく、見舞いにも来ない。

「このまま大殿が戻られず、ご不在が御公儀に知られることになりましたら、松波家はどうなりましょう」

黒兵衛は不安を隠さなかったが、

「そのときは、俺が家督を継《つ》げばいい話だろ」

事も無げに勘九郎は言い放った。

己の本心を、黒兵衛の前ではひた隠す。勘九郎が不安がったり、狼狽《うろた》えたりするのを見れば、黒兵衛の不安には更に拍車がかかる。

「ですが、若――」

「いいから、それ以上言うな」

苦渋に満ちた顔を見せることで、勘九郎は辛うじて黒兵衛の口をふさいだ。

旗本屋敷に忍び込んだ堂神は、なかなか戻ってこなかった。

(捕まった様子もないし、あいつは大丈夫だろう)

なんの根拠もなく勘九郎は思い、それ以上気に病むのをやめた。やめた、といっても本当にやめられるわけではなかったが、兎に角考えないようにしようと努めた。

二

遠くから、子供たちの声が聞こえてくる。

元気に遊びはしゃぐ明るい声音ではない。

声に低い抑揚がつけられているから、わらべ歌でも歌っているのかと思ったら、どうやら飢えて泣いているようだった。

泣き声は、か細く悲しい。

「腹が減っているのか？」

そのひとは訊いた。

特別優しい口調でもなんでもなかったが、子供たちは夢中で肯《うなず》いた。

大人から、そんな言葉をかけられたのはおそらく生まれてはじめてだった。

「じゃあ、ついて来い」

と言われ、連れて行かれたのは、屋台の蕎麦屋《そばや》だった。

一杯十六文のかけそばを、子供の数だけ馳走して、そのひとは去った。

しかし、丸一日経てばまた腹が減る。

子供たちはまた同じ橋の袂《たもと》で泣いていた。知恵がついたのだ。泣けば誰かが救いの手を差し伸べてくれるかもしれない。

すると、翌日も全く同じ時刻に、そのひとは来た。

「ついて来い」

昨日と全く同じ声音、口調でそのひとは言う。特別優しげでもないが、冷たすぎもしない声色、言い方。そして、同じ屋台に連れて行くと、同じかけそばを食べさせてくれた。

その翌日も翌々日も、全く同じようにして、子供らは屋台の蕎麦にありついた。

「そろそろ蕎麦も飽きたろう」

そう言って、その日そのひとが三人の子供を連れて行ったのは、近所でも美味《うま》いと評判の飯屋であった。

白飯に味噌汁、焼き魚と野菜の煮物という真っ当な食事に、三人の浮浪児たちははじめてありついた。

そのひとと出会ってから、十日目のことだった。

「どうだ、美味いか？」

拙《つたな》い箸使いで懸命に魚の身を刮《こそ》ぎながら、子供たちは無言で肯いた。

蕎麦を食べるさまを一瞥したときから、彼らが、親から箸の使い方を教わっていない類《たぐい》の子供であることを察していた。それ故、毎日蕎麦を食べさせた。

そろそろ箸に慣れるのを確認して、飯屋に誘った。魚を上手に食べられるまでには、いま少しときを要するだろう。

「お前たち、名は？」

子供たちが食事を終えるのを待って、そのひとは問うた。

名を訊ねられても、子供たちは互いに顔を見合わせるばかりであった。美味いか、と訊かれてすぐ肯いたのだから、耳が聞こえていないわけではないし、言葉を知らないわけでもないだろう。

ただ、「名」の意味だけがわからなかったのだ。

「なんだ、おめえら、名めえもねえのか」

そのひとは、はじめて子供たちに向かって笑顔を見せた。

「おめえら、兄弟か？」

子供たちは無言で首を振る。

果たして兄弟の意味がわかっているのか。

「なんだ、違うのか？　それにしちゃあ、よく似てやがるな」

そのひとが不思議がったほど、確かに、子供たちの面差しはよく似ていた。或いは本当に血の繋がった兄弟であったのかもしれないし、ただの偶然だったのかもしれない。

子供たち自身には知り得ようわけもなかった。

ほぼ同じ年格好の三人の子供たちは、生まれたときから親もなく住む家もなく、ただ、彼らだけで身を寄せ合って生きてきた。

とはいえ、乳呑み児が一人で生きられよう筈もないから、その頃はまだ、親か縁者か、世話してくれる大人がそばにいたのだろう。

だが、結局捨てられた。

いつから子供たちだけで寄り合うようになったのか。子供たちはなにも覚えていなかった。兎に角、盗んだり拾ったりして、口にできるものはなんでも口にして命を繋いだ。

はじめて助けてくれたそのひとは、しばし首を捻って考え込んでいたが、

「名めえがねえんじゃなにかと不便でいけねえ。じゃあ、こうしよう。体のでけえ順に、『太郎《たろう》』『次郎《じろう》』『三郎《さぶろう》』でどうだ?」

ふと思いついて、ひと息に言った。

「太郎」

「次郎」

「三郎」

子供たちは口々にその名を口にした。

幼いながらに、名というものの持つ不思議な力に魅せられたのだろう。三人は無意識に笑顔になった。

「そうか。気に入ったか」

そのひとは満足げに頷《うなず》き、三人を、自らの家へ連れ帰った。

「毎日毎日、おめえらに飯を食わせに来るのは面倒だ。今日からはうちで食いな」

ひどく大きな家で、家族も大勢いた。

「そのかわり、飯のぶんはきっちり働いてもらうからな。……いや、その前に、読み書きと算盤《そろばん》だ。それができなきゃ、商家の仕事はつとまらねえからな」

その大きな家は江戸でも屈指の大店《おおだな》で、家族と思えた者たちは皆、お店の使用人なのだと彼らが知るのはずっとあとになってからのことだ。

とまれ三人の子供たちは、江戸で有数の大店の丁稚《でっち》となった。

読み書きと算盤を習った子供たちは忽ち愛想よく笑える可愛げのある子供になり、大人たちから可愛がられた。

長じてからもその面差しはよく似ていたため、まわりの者たちは皆、

「太郎、次郎、三郎の三人は三つ子だ」

と噂した。

そのひとが目をつけて拾いあげただけのことはあり、三つ子たちは揃って無類の働き者で、一人前の商人へと成長するのにさほどのときは要さなかった。

若くして番頭に出世する日も近いと思われたが、残念ながらその日は来なかった。

その日が来る前にお店が傾き、やがて影も形もなくなってしまったのだ。

そのひとのもとにいた十数年間は、まさにこの世の栄華のすべてを見た心地であった。

思春期の若者にとって、それは些か、刺激が強すぎたかもしれない。

「どうだ？　人はこの庭を、ちょっとした大名屋敷のようだと言うぞ」

そのひとはよく嬉しげに周囲に漏らしていた。

大名屋敷の庭は知らないが、そのひとが言うなら、きっとそのとおりなのだろうと思った。

そのひとを取り巻く煌《きら》びやかで華やかな総てのものに憧れ、商いで成功すれば、いつか己もそんな栄華にひたれるものと信じていた。

美しい衣《きぬ》を着て、大名屋敷のような家に住み、部屋はすべて金箔貼りの豪奢《ごうしゃ》な襖《ふすま》で飾る。そのひとがしているように――。

だが、ある日突然終わりの日がきた。

信じるものがすべて失われたとき、失ったものなら取り戻すべきだ、と前向きになれたのは若さの特権というものだろう。

すっかり意気消沈して、商いへの意欲を失ってしまったそのひとの代わりに、己らが再び財を成すのだ、と三人は誓った。

あの日腹を空かせて泣いていた子供ではなく、泣く子に飯を恵んでくれたそのひとになろう、と決意した。

そのひとから学んだ商売のやり方は、面白いように上手《うま》くいった。

財を成すことはそう難しくはなかったが、問題はその先だった。そのひとの凋落《ちょうらく》は、即ち一つの時代の終わりを意味していた。

商人が如何に財を成そうとも、この世のすべては武士が——武士の統領《とうりょう》である将軍家が決める。

商人から借りた金を、返さなくていい、と言えば、返さなくてよいことになる。

商人が死に物狂いで稼いだ金を居丈高《いたけだか》な態度で借りておいて、挙げ句の果てに、返さない。どう考えても、おかしいではないか。

借金は返さない。その上、武家の財政が困窮しているから、武家以外の者たちも質素倹約につとめよ、と言い出すに及んでは、そんな面倒くさい武家なら、いっそいなくなればいい、と思うに到った。

そもそも、三人にとって大恩人であるそのひとが総てを失う羽目に陥《おちい》ったのも、幕府からの勝手な命《めい》であった。幕府の命で質の悪い十文銭を大量に鋳造したことで、一代で築き上げた財の殆どを失った。

このとき幕府は、そのひとに対して何一つ救済の手を差し伸べてはくれなかった。

（そんな幕府などいらない）

三人はともに同じことを思った。

幕府も武士も、この世には必要ない。

必要ないものは、さっさとなくしてしまえばいい。

爾来《じらい》、同じ目標に向かって邁進してきた。

三人は、最早《もはや》一心同体といってよかった。

子供の頃は多少体格の違いが見られたが、成人して後は、ほぼ同じ体型になったため、まさしく三つ子と呼ばれるに相応《ふさわ》しい風貌と化していた。

同じ着物を着て、同じ形の髷《まげ》を結えば、全く同じ人間に見えた。それ故三人は、あるときから一人の人物としてふるまうことにした。そのほうがなにかと都合がよかったので、身近な使用人たちにすら、そのことを秘した。

味方さえ欺《あざむ》いているのだから、敵を欺くなどは容易《たやす》いことだった。

《尾張屋》吉右衛門と呼ばれる男が、まさか三人存在しているとは、誰も、夢にも思うまい。

一時は悪事の相方として親密な関係にあった尾張の徳川宗春《むねはる》も、全く気づいていなかった。所詮武家などそんなものだ。最下等の生き物だと思っている商人の顔など、ろくに見てはいないのだ。

ただ、湯水の如く金を生み出してくれる打ち出の小槌《こづち》とでも思っていたのだろう。もとより三人も、見かけ倒しの宗春などに、なんの期待もしていなかった。ただ、思う存分商いのできる場所が欲しかっただけだ。

当時、宗春の治める尾張の城下は、そのひとのいた往時を思わせ、それだけでも三人をとても幸福にしてくれた。残念ながら、そのひとの栄華と同じで、さほど長続きはしなかったが。

そして三人の見通しどおり、宗春はやがて失脚した。

三

「どうした、次郎?」

太郎に問われて、次郎はつと我に返った。

ギヤマンの器に注がれた紅い南蛮酒をじっと見つめたまま、少しぼんやりしていたようだ。声をかけられなければ、まだぼんやりしたままだったかもしれない。

「いや、別に――」

慌てて葡萄《ぶどう》酒を飲み干し、次郎は太郎を見返しながら言った。

「なんでもないよ」

「なんでもないって顔じゃなかったぞ」

「いや、ただちょっと……」

「なんだ？」

「きっと、感慨無量なんだろ、次郎兄」

三郎が、嬉々として二人の会話に割り入った。

「もうすぐ心願がかなうんだから」

名というものは、実に不思議だ。

本当の兄弟なのかどうかもわからぬのに、あれから三人は、兄弟のような気持ちで過ごすことになった。

三人の中で最も体格がよかったことから太郎と名づけられた者は、長兄然と鷹揚にふるまうようになったし、次郎と名づけられた者は、長兄と末弟に挟まれた苦労性の次兄を見事に演じた。

三郎は三郎で、二人の兄に甘えつつ、隙あらば二人のものを掠《かす》め取ってやろうと企《たくら》む腹黒い末っ子になりきっている。

「まだ早いぞ、次郎」

三郎の言葉に反応して、太郎は次郎を見据えて言った。

「公方《くぼう》の首をとるまでは、ひとときたりとも気を抜いてはならん」

「わかってるよ、兄さん。別に気を抜いちゃいない」

太郎の重々しい言葉つきに、次郎は思わず苦笑した。

「いちいち邪魔するいやな奴も、もういないんだしね」

「《まむし》のことか？」

ほぼ間髪《かんはつ》を容《い》れずに、太郎は問い返した。太郎もまた、そのことを気にしている証拠であった。

「…………」

次郎は答えを躊躇《ためら》い、

「ああ、《まむし》の旦那なら、とっくにあの世にいっちまったよ」

三郎が嬉々としてはしゃぎ声を出した。

楽天家の末っ子がはしゃいで見せれば忽ち場が和《なご》む。それぞれに名をもらった幼い頃から、五十を幾つか過ぎたいまも、それは変わっていなかった。

だから、一旦は三郎の気楽さに迎合してしまおうと思いながら、だがどうしても納得できず、

「本当に、そうなのかな？」

折角の空気をぶち壊すようなことを、次郎は言った。

言わずにはいられなかった。

苦労人気質の次郎は、何事も楽観視するということができない。だから、ずっと気がかりでならなかったそのことを、とうとう口に出してしまった。

「どういう意味だよ、次郎兄」

折角己が作ろうとした明るい空気を否定されて、三郎はやや眉間を険しくして問い返す。本当の三郎は、二人の兄に見せているほど朗らかでも無邪気でもないのかもしれない。

「あの《まむし》が、本当にくたばったのか、俺には未だに信じられねえんだ」

「くたばったさ。くたばったに決まってんだろ」

三郎はむきになって声高に言い返し、

「そうだ。半月近くも屋敷に戻ってねえんだ。鉄砲で撃たれて、どっかで野垂れ死んだに決まってる」

その安易な言葉に、太郎も同意した。三兄弟の長兄は、兎角《とかく》末っ子贔屓《びいき》なのだ。

それがわかっていたから、次郎はいまのいままでなにも言い出せなかった。

だが、一度言い出してしまったからは、ちゃんと決着を付けねばならない。

「だったら、どっかで死骸が見つかる筈だろ。なんで見つからねえんだよ」

「そ、そんなの……松波家の奴らが捜し出して屋敷に連れ帰ったのかもしれないだろ」

「まだ見つかっていないから、あの間抜け面の孫が血相変えて捜しまわってるんじゃないのか」

現実を見据えた次郎の厳しい言葉に、太郎も三郎も、ともに言葉を失った。

「その証拠に、松波家じゃ、未だに孫の家督相続を願い出てない」

「そ、それは……」

「仮に、どっかで命をとりとめてたとしたって、死にかけてるに決まってるじゃねえか。今日か明日か、ってところだぜ」

「そうかな」

「そうだよ。おめえは心配しすぎなんだよ」

長兄らしい落ち着きをみせて太郎は言うが、その言葉つきは浮わついて白々《しらじら》しい限りだった。

「だいたい、こっちには奴の懐刀《ふところがたな》がいるんだぜ。あいつがいれば、なんにも恐いもんはねえや」

「あいつ一人で、我らが千金で雇った伊賀《いが》者数十人をぶち殺しやがった。とんでもねえ化け物だ」

「ああ、あいつがいれば、なんにも心配ねえだろ。あいつは――」

「あいつというのは、私のことか？」

言いかける三郎の言葉の先を引き取って、桐野は三人に問いかけた。

いつのまにか、部屋の片隅に佇《たたず》んでいる。

明かりは、三兄弟が囲んだ円卓の近くにしか置かれていないため、部屋の隅までは届かない。桐野なら、不意に現れるのはお手のものだ。

だが、地下のこの部屋に入るためにはよく軋む階段を下らねばならない。わざと軋むように作ってある。それを桐野は音をたてずに下りて来た。

「てめえ！　どうして、ここに――」

仰天した三人は揃って声を荒らげ、

「ご挨拶だな」

三人の昂ぶりきった感情を、桐野は冷ややかに見返した。

「貴様らに雇われている以上、私がここに出入りするのは当然ではないか。差し障《さわ》りがあるのなら、はじめからそう言っておいてもらおう」

「………」

至極妥当すぎる桐野の言葉に、三人は返す言葉もなかった。

「それとも、なにか言えぬ理由があったのかな」

虚無僧姿《こむそう》の桐野はなお冷ややかに三人を見据える。

「そんなものはない。いきなりだったから、ちょっと驚いただけだ」

殊更《ことさら》無感情な口調で次郎が言い返した。

嘗《な》められてはならない、という虚勢が、全身から漏れ出ていた。千金を以て陣営に引き入れたはよいが、想像以上に桐野が凄すぎて、正直持て余している、というのが実情だろう。面と向かうと、無意識に緊張するようだった。

「それで、なんの用だ？」

次郎は懸命に虚勢を張り続ける。

「まさか、用もないのに、ここへ来たわけではあるまい」

「用はある」

あくまで静かな口調で桐野は言った。

「だから、なんだ？」

今度は太郎が苛立った声を出す。

「一つ、訊きたいことがある」

太郎の問いを黙殺し、桐野は次郎に向かって言う。全く同じ顔をした三人だが、桐野にはどうやら見分けがついているらしい。それだけでも、三人にとっては脅威であった。

「なんだ？」

さも億劫《おっくう》そうに次郎は問い返す。

「明日、予定どおりにことを起こせば、すべてが終わるのであろうな、《尾張屋》吉右衛門殿」

三人は息を呑んで答えを躊躇ったが、

「勿論、終わる」

長兄の威厳を見せて、太郎が答えた。

「例の通路を使って城内に入り、公方を討ち果たす。しかる後、御金蔵の金を奪い、三手に分かれて逃げる。あんたの仕事は公方の寝所までの道案内だ」

「まこと、道案内だけでよいのか?」

「本当は公方をやるのもあんたに頼みてえとこだが、元の主人を二人も手にかけるのは寝覚めが悪いだろ」

「随分と気を遣ってくれるのだな」

「そりゃあそうですよ。三顧《さんこ》の礼《れい》で来てもらった桐野さんなんだから」

桐野に対して、丁寧な口をきくのは三郎だ。おそらく、昨年桐野の前に姿を見せたのも三郎だろう。

「だが、すべてが終わったら、もう私に用はないのだろう?」

「まあ、宿願を果たしたら江戸は引き払って、当分長崎と大坂でやってくつもりなんで。……桐野さんさえよけりゃあ、一緒に来ていただいてもいいんですがね」

「江戸は引き払うのか? 折角将軍家を暗殺しておいて、幕府を意のままにせずともよいのか? そのために、旗本の当主たちを己らの意のままになる偽者と入れ替えていたのではないのか?」

「公方が突然死ねば、幕府は大混乱に陥って、江戸も当分のあいだは落ち着かねえことでしょう。あとは、野心をもった奴らが勝手にすりゃあいいんですよ。あっしらは戦《いくさ》がしてえわけじゃねえんです。ただ商売がしてえだけなんですよ」

「だから、当分のあいだ、江戸は捨てる。長崎と大坂で、存分に商売をしてやる」

太郎も口を挟んでくる。

「まことに江戸を捨てるのか？」

「ああ、江戸は元々商売向きの土地じゃねえからな。……公方を殺したからって、侍はまだどっちゃり残ってる。まさか、侍を皆殺しにするわけにはいかねえだろ」

「そのつもりではなかったのか？　将軍家とともに、幕臣の大半を殺せば、幕府の転覆はかなうぞ」

「そのつもりだったが、面倒くさくなったのよ。よく考えたら、俺たちゃ商売ができればいいんであって、商売の邪魔になりそうな公方さえいなくなりゃあ、それでいいんだ」

太郎がすらすらと述べた次の瞬間、

「だそうでございます、御前――」

桐野は己の背後に向かって謎の言葉を吐き、

「おお、聞いたわ、桐野ッ」

密室の壁を乱暴に蹴破《けやぶ》って、元気いっぱいの壮年男子が現れた。

「…………」

三人は一瞬間絶句し、しかる後、

「ま、まむし……」

異口同音に口走っていた。

「やっぱり、生きてやがったのか……」

続けて、次郎が無意識に発した呟きはあまりに微《かす》かで、三郎兵衛の耳には届かない。

「うぬら、畏れ多くも公方様を手にかけておいて、暢気《のんき》に商売などできると思うておるのか」

「…………」

三人は無言のまま、揃って椅子から腰を浮かせる。

「裏切りやがったな、桐野」

怨嗟《えんさ》の目で桐野を睨んだのは太郎である。

「馬鹿を言え」

桐野は口許《くちもと》を僅かに弛めて冷たく笑った。

「こういうのを、江戸っ子らしい言葉でなんと言うのでしたか、御前」

「さしずめ、『表返《おもてがえ》った』と言うべきであろうな」

答えて、三郎兵衛は莞爾《かんじ》と微笑《ほほえ》む。

「畜生……」

立ち上がり、ジリジリと後退《あとずさ》った三人は手探りでなにか探しているようだった。

「紐《ひも》を引いても無駄だぞ」

次郎の手が、天上から垂れた一条の紅《あか》い紐を漸く摑みかけたとき、桐野は声をかけた。

かまわず次郎はそれを引いた。

すると、頭上でガラガラと派手な音が鳴る。

人を呼ぶための仕掛けに相違あるまい。

ガラガラガラガラ……。

音はいつまでも長く響いた。

だが、なかなか人は来なかった。仮に来たとしても、人一人通るのがやっとの細い階段を下りねばならないから、一度に殺到することはできないだろうが。

「……………」

次郎は二度三度と紐を引いたが、鳴り物の音が虚しく響くだけで、階段を駆け下りて来る者の足音は全く聞こえない。

「だから無駄だと言ったであろう」

桐野はまた声をかける。

「お前たちが呼ぼうとしている者たちは、もうこの屋敷の何処にもおらぬ」

冷ややかな桐野の言葉を、悪夢の如く三人は聞いたであろう。

「くそッ」

「それと、お前たちが偽者を送り込んだ旗本屋敷の地下からお城に続いているとお前たちが信じ込んでいる抜け道だが、そんなものは、はじめから存在せぬ」

「なんだと！」

「まさか！」

「この前、確かに見せてくれたじゃないか」

三人は驚き、切歯扼腕《せっしやくわん》する。

「あれはただ、屋敷から外へ逃れるための抜け道だ。お城になど通じてはおらぬ。それ故、お城に忍び入ることはできぬ」

「ああ、曲者《くせもの》をお城に出入りさせるわけにはゆかぬからのう」

三郎兵衛も横から口を出す。

つと――。

ギシギシと軋む音がして、三人はパッと顔を輝かせる。漸く味方が来てくれたと思ったのかもしれないが、

「随分深いな」

「ああ、下りたら上がるのも大変そうじゃ」

言い合いながら階段を下りてきたのは勘九郎と堂神の二人であった。

「終わったのか？」

「ああ。殆ど堂神が片付けてくれた」

三郎兵衛の問いに答えつつ、勘九郎は首を傾げている。

「堂神が強いのは認めるけど、なんだか気の抜けたような連中だったぜ」

「特に腕の立つ者は、予《あらかじ》め私が片付けておきました」

事も無げに桐野が答えた。

「ひ、卑怯なッ！」

「さては、そのために我らの仲間に加わったんだな」

「騙《だま》しやがって、畜生！」

「笑わせるな」

鋭く言い放った桐野の唇辺《くちべ》はうっすら笑みを滲ませている。

（やっぱり、こいつは化け物だな）

勘九郎は内心ゾッとした。

三郎兵衛と桐野による策謀は徹底していて、三人の尾張屋が気の毒に思えてくるほどだった。

旗本屋敷に忍び込んだ堂神が、中で待ち受けていた桐野から因果を含められて戻って来たとき、なにやら曖昧そうなその計画に、勘九郎は不安を覚えた。

それも道理で、桐野から教えられたことを、堂神は半分も勘九郎に伝えていなかったのだ。細かい段取りなど覚えずとも、そのときになれば桐野がなんとかしてくれるという甘えがあってのことだが、それすら桐野は想定していた。即ち、子《ね》の刻過ぎに屋敷に侵入し、そこに刃向かってくる者があればこれを悉《ことごと》く斃《たお》してから、地下室に来るように、という指図だけでなんとかなるように、桐野がすっかりお膳立てを整えていた。

そのことが、地下室へ下りて三郎兵衛と桐野の様子を一瞥《いちべつ》しただけで、勘九郎には容易く察せられた。

「で、この三人、どうするの？　町方に突き出すの？」

勘九郎は桐野に向かって問うたのだが、

「町方に突き出したところで、しかと罪に問えるような証拠は何一つないぞ」

「そうだ。俺たちは何一つ、直接手を下したことはないからな」

「いまとなっては、秘密の通路などなくてよかったわ。おかげで公方暗殺計画の証拠は存在せん」

三人は、口々に嘯《うそぶ》いた。

追いつめられても、さほど動じぬ様子は、さすが堂に入った悪徳商人ぶりである。

だが、

「別に証拠などなくとも、自供があればそれでよいのだ。少々痛めつければ、自供などすぐにとれる」

バッサリ一刀両断する残酷な三郎兵衛の言葉にはさすがに三人とも顔を青ざめさせた。

「一つだけ、はっきりしている罪がございます」

三郎兵衛の発言がこれ以上過激にならぬようにするためか、桐野がすかさず口を出す。

「なんだ？」

「長崎での数々の抜け荷でございます」

「抜け荷だと？」

「しかも、一度売った荷を、対馬《つしま》の海賊を使って取り戻させているのでございます」

「それはまことか？」

「海賊を捕らえ、尾張屋との関係を白状させるのが手っ取り早いかと存じます。……もっとも、長崎では、蓬萊屋を名乗っておりましたが」

「なるほど」

三郎兵衛はさすがに察しがよかった。

「お前がそう言うところをみると、さては対馬の海賊は既に捕縛されておるのだな」

「御意」

桐野は小さく頷いた。

「その旨、長崎に留まらせていたお庭番から知らせがございました」

三人の尾張屋は、揃ってガクリと頽《くずお》れた。

「抜け荷は重罪。獄門は免れんな」

慣れた口ぶりで言い切る三郎兵衛の貌《かお》は、完全にお白洲の奉行のものだった。

四

すべては桐野の謀《はかりごと》であった。

正確には、三郎兵衛と桐野の、だが。目黒不動からほど遠からぬ谷山村山中の祠で細田らの死骸を発見したのは偶然だった。そこに黒沼の遺した鉄砲数十挺を呼び入れることはすぐに思いついた。その鉄砲に三郎兵衛が撃たれれば、即ち敵の目を欺くことができる。

予め用意した逃亡経路から三郎兵衛を逃がし、お庭番の隠れ家に潜伏してもらった。目障《めざわ》りな三郎兵衛が死んだかもしれないとなれば、敵は安心して大胆な行動を起こすだろう。それ故、彼らを助ける目的で、桐野は敵陣営に潜り込んだ。三郎兵衛を誘き出して殺した、という最高の手土産とともに――。

だが桐野は、一味の企みに力を貸すふりをして、悉く邪魔をした。驚いたことに、三人の尾張屋は、どこで聞いたか知らないが、古い旗本屋敷の地下には、お城への抜け道がある、と信じきっていて、お庭番の桐野なら、当然それを知っていると思い込んでいた。桐野を味方に付けたことで有頂天になった尾張屋たちは、存外隙だらけであった。

漸く心願のかなう日が目前に迫った歓びで目が曇ったせいもあるだろう。

尾張屋が隠れ家にしている八丁堀の屋敷に、勘九郎と堂神が現れたときは、計画の仕上げ段階に入っていたため、正直肝《きも》を冷やした。

しかし、三人の尾張屋たちは人目を避けてほぼ終日地下室にいたし、空き屋敷であるから家人も使用人もおらぬため、堂神が他の者に見咎められることはなかった。おかげで桐野は、堂神に、じっくり屋敷の中を見せることができた。疎漏《そろう》な性格の堂神のことだから、すべてを見覚えることは無理でも、重要な仕掛けの場所くらいは覚えさせられた。

「抜け道などない」という桐野の言葉は、容易く三人を落胆させてしまったようだ。

「獄門だ」

追い打ちをかけるように三郎兵衛から引導を渡されてからは、すっかり気持ちが萎えてしまい、町方の調べにも素直に応じているようだった。

思えば憐れな者たちだった。

互いが血の繋がった三つ子かどうかもわからぬ劣悪な環境で育ち、はじめて手を差し伸べてくれた大人は、ちょっと特殊な人だった。そのひとのおかげで一人前の商人になれたが、そのひと故に、その後の半生は金と欲にまみれた不幸なものとなった。

「奴らのもたらす目も眩《くら》むほどの大金に、一瞬とて目が眩まなかったか？」

揶揄《やゆ》まじりに三郎兵衛から問われたとき、桐野は僅《わず》かに気色《けしき》ばんだ。

「眩みませぬ」

「まことに？」

三郎兵衛は執拗に問うた。

「まことに」

鸚鵡《おうむ》返しに答えた桐野の目は少しも笑ってはいなかった。

「御前は以前、江戸の旗本は言うに及ばず、徳川家と縁の深い譜代の諸藩が徳川家を裏切ることはあり得ない、と仰有《おっしゃ》いました」

「ああ、言った」

「同じでございます」

「ん？」

「私も、上様が江戸入りする際、一緒に紀州から参りました薬込《くすりこ》め役《やく》の者。謂わば、御当代様にとっての旗本でございます。上様を裏切るなど、あり得ませぬ」

「え？」

三郎兵衛はしばし当惑した。

吉宗と一緒に江戸入りしたとなれば、当時の年齢は吉宗と同じ三十代か、やや若くても二十代。十代ではまだ腕も未熟であろうから、精一杯譲歩しても十八、九。だとしても、いまは四十を幾つか過ぎている筈だ。

「そちが薬込め役ということはあり得まい。薬込め役の親御とともに江戸入りしたのだな」

どうしてもそこを見過ごすことができず、三郎兵衛は言った。

「薬込め役二世だな、そちは？」

「私を、幾つだとお思いでございます？」

桐野は即座に問い返した。明らかに、笑うのを堪《こら》えた顔つきだった。

「え？」

「私は、おそれながら、上様と同い年でございます」

「…………」

三郎兵衛は絶句した。

（嘘だ！）

反射的に叫ぶことは可能であったが、辛うじて堪えた。何故なら、桐野が己の年齢を偽る必要など全くないことを知っていたからだ。

「上様と、同い年なのか？」

「はい」

慈母の微笑みとともに、桐野は頷いた。仄白《ほのじろ》いその笑顔は、どう見ても三十そこそこにしか見えない。

「まことか？」

喉元に出かかる言葉を、三郎兵衛はかろうじて呑み込んだ。今更、見た目と実年齢のことを言い立てるのは野暮でしかない。

それは三郎兵衛にもよくわかっていた。それ故口を閉ざし、驚愕の嵐が過ぎ去るのを待つしかなった。

「御前？」

頑《かたく》なに口を閉ざした三郎兵衛に対して、桐野は何度か声をかけたが、それ以上の返事は期待できなかった。それほどの、驚きであったらしい。

（そういうことではないのだが……）

自らが主張したかったのと全く別のところに食い付いて茫然としている三郎兵衛には甚《はなは》だ呆れるしかなかったが、桐野は決して、そんな三郎兵衛が嫌いではなかった。

寧ろ、好もしくさえ思っていた。

だが、自らのことでより多くを語るときがくるとすれば、それは三郎兵衛ではなく勘九郎であろうということも、予想していた。

五

「そういや、あいつら肝心なときに術を使わなかったのはどうしてなんだ？」

離れの縁先で雪見酒を楽しんでいた勘九郎は、ふと桐野をふり仰いで問うた。

桐野はいつもどおり屋根の梁の上だ。雪も少しく降り積もっているが、一向平然としている。

「あの地下室の中で、得意の術を使って俺たちを足止めすれば、逃げられたんじゃないのかよ？」

勘九郎は心底不思議そうに首を捻《ひね》った。

その幼気《いたいけ》なさまが、桐野にとっては可愛くて仕方ない。

「戦国の昔には、果心居士《かしんこじ》や飛び加藤《かとう》といった巧みな術者がおったそうですが、彼らの術は所詮一代限りのもので、彼らの死とともに滅んでしまいました」

それ故、答える桐野の様子もどこか楽しげだった。

「じゃあ、尾張屋たちが祖父さんに仕掛けてた術は？」

「奴らの術とは、おそらく目眩《めくら》ましのたぐいと思われます。大方、長崎に来る清人《しん》からでも教わったのでしょう」

「果心居士の幻術と、祖父さんが何度もかけられたやつ、どこがどう違うんだよ？」

「目眩ましの術をかけるには、通常、薬や香《こう》を用います。おそらく御前は、術にかかる前に一服盛られたか、なんらかの妖しい香を嗅がされていたのでしょう」

「それを使うと、誰にでも目眩ましをみせることができるのか？」

「薬や香で朦朧としているところへ、巧みに語りかけられれば――」

「誰にでもできることなのか？」

「多少修練すれば、できると思います。問題は、薬や香の種類なのです」

「そうなのか」

勘九郎は素直に納得した。

「あの折は、事前に薬を盛った香を嗅がせたりする暇がなかった上、我らの急襲によってすっかり動転しておりましたから、三人とも、子供騙しの術のことなど、思い出しもしなかったでしょう」

桐野はいつになく饒舌だった。

「若は、堂神の遠目のことを聞いておられますか」

ふと表情を弛め、継いで笑いを堪えているかの如き顔つきになる。

「道灌山の杉の木のてっぺんから江戸中が見えるんだろ。本当かよ？」

「あれは、千里眼《せんりがん》という、立派な術なのでございますが、本人は全く気づいておりませぬ。いくら言い聞かせても、聞く耳を持ちませぬ」

「え？　そうなの？」

「生まれつき、並外れて遠目がきくほうだったのでしょう。軽く修練させましたら、忽ち見えるようになりました」

「でも堂神は……」

「信じないのでございます。術などという目眩ましは、弱くて悪賢《わるがしこ》い者が用いるものと決めてかかっております故」

「そういえば、そんなこと言ってたっけ。……じゃあ、堂神には本当に江戸じゅうの景色が見えてるのか？」

「私には、千里眼を使うことはできませぬので、その景色を見ることは終生かないませぬ」

と淡く微笑んだ桐野の顔は、例によって慈母のようだった。

目的のためなら眉一つ動かさず人を殺せる冷酷な修羅の貌と、慈母の貌をあわせ持つ桐野。果たして己はどちらの桐野に惹かれているのだろうとうっかり思ってしまったその刹那、勘九郎は淡い胸の痛みを覚えた。

それが、どちらの桐野にも惹かれてしまったが故の痛みなのだとは、到底思えぬ、いや思いたくもない勘九郎であった。

※　※　※

「《尾張屋》吉右衛門とは、初代紀伊國屋文左衛門《きのくにやぶんざえもん》の番頭をしていた者なのか？」

一旦構えた矢を弦《つる》から外して、吉宗は三郎兵衛を顧みた。

「年格好からいって、せいぜい、手代か丁稚ではないかと思われますが、実際のところはよくわかりませぬ」

あくまで淡々と、三郎兵衛は応じた。

「まさか、三つ子であったとはのう」

低い呟きとともに、吉宗は再び矢を番《つが》え、的に向かって放つ――。

ずぅッ、

やや湿った音とともに、矢は過《あやま》つことなく的を射た。

太郎、次郎、三郎の三人は、悪事の限りを尽くした《尾張屋》吉右衛門、或いは抜け荷常習犯の蓬萊屋とその使用人として捕らえられ、いまは伝馬町《てんまちよう》の牢屋敷で仕置きの日を待っている。

三郎兵衛らは、周到に練り上げられた幕府転覆計画を未然に防いだ。

いまはその事実だけを告げておけばいい。

ただ、一杯十六文の蕎麦を馳走されたことで商人の僕《しもべ》と化してしまった三つ子のことが憐れでならなかった。

もし彼らを救ったのが商人ではなく、百姓であったなら、いまごろ三人は、何処かで地道に田を耕していたのかもしれない。

なまじ、絢爛《けんらん》の元禄の御世《みよ》に栄華を極めた富商と関わってしまったから、自我がおかしくなってしまった。謂わば、元禄の犠牲者ではないのか。

そんなモヤモヤした心のうちを、なんとか言葉にして吉宗に伝えたく思ったが、結局できなかった。

ずんッ、

放った矢を、思いどおり的のど真ん中に的中させてから、

「《尾張屋》吉右衛門の正体が誰なのか、そちにははじめからわかっておったのではないのか、筑後？」

吉宗は再び三郎兵衛を顧みた。

「違うか？」

重ねて問われ、三郎兵衛はしばし答えを躊躇った。

そもそも吉宗は、商人全般をよく思っていない。ここで吉宗の問いに頷けば、吉宗の商人嫌いにますます拍車をかけてしまうかもしれない。

しばし躊躇った後、三郎兵衛は緩《ゆる》く首を振った。

「わかりませぬ」

「まこと、わからぬのか？」

「わかりませぬ」

三郎兵衛は肯いた。

それが、最も角《かど》の立たぬ答えと知っていたからだ。もし知っていた、と答えれば、

「それは誰だ？」と問われることになり、答えれば更に吉宗からの問いは続く。

できればそれを避けたかった。

なるべく、当たり障りのない範囲内で、話を終わらせたかったのだ。

「わかりませぬが、おそらくは、元禄の頃に栄華を極めた商人か、その子か孫であろうと推察いたしました」

「ふうむ、商人が、斯様《かよう》にだいそれた真似をしでかすとはのう」

「商人なればこそでございましょう」

三郎兵衛は答えたが、それ以上、あえて口にすべき言葉もないと気づく。気づきながらも、矢張りなにか口にせずにはいられなかった。

「商人は、ただ商売をしたいだけの生き物でありますれば――」

「商人のことが、よくわかるのだな」

吉宗の言葉には、最早一言も返せぬ三郎兵衛だった。

いや或いは、敢えて口を閉ざしたのかもしれない。

時代小説
二見時代小説文庫

公方天誅《くぼうてんちゅう》 古来稀《こらいまれ》なる大目付《おおめつけ》7

二〇二二年十二月二十五日 初版発行

著者 藤《ふじ》 水名子《みなこ》

発行所 株式会社 二見書房
〒一〇一-八四〇五
東京都千代田区神田三崎町二-一八-一一
電話 〇三-三五一五-二三一一 [営業]
〇三-三五一五-二三一三 [編集]
振替 〇〇一七〇-四-二六三九

印刷 株式会社 堀内印刷所
製本 株式会社 村上製本所

 ISBN978-4-576-22178-6
https://www.futami.co.jp/

藤 水名子

古来稀なる大目付

シリーズ

① 古来稀《まれ》なる大目付 まむしの末裔
② 偽りの貌
③ たわけ大名
④ 行者と姫君
⑤ 猟鷹《りょうよう》の眼
⑥ 知られざる敵
⑦ 公方天誅《てんちゅう》

「大目付になれ」――将軍吉宗の突然の下命に、一瞬声を失う松波三郎兵衛正春だった。蝮《まむし》と綽名された戦国の梟雄・斎藤道三の末裔といわれるが、見た目は若くもすでに古稀を過ぎた身である。「悪くはないな」――冥土まであと何里の今、三郎兵衛が性根を据え最後の勤めとばかり、大名たちの不正に立ち向かっていく。痛快時代小説！

牧 秀彦

北町の爺様
シリーズ

以下続刊

① 北町の爺様1 隠密廻《おんみつまわり》同心

② 北町の爺様2 老同心の熱血

隠密廻同心は町奉行から直《じか》に指示を受ける将軍にとっての御庭番《おにわばん》のような御役目。隠密廻は廻方で定《じょう》廻と臨時《りんじ》廻を勤め上げ、年季が入った後に任される御役である。定廻は三十から四十、五十でようやく臨時廻、その上の隠密廻は六十を過ぎねば務まらない。北町奉行所の八森十蔵《やもりじゅうぞう》と和田壮平《わだそうへい》の二人は共に白髪頭の老練な腕っこき。早手錠《はやてじょう》と寸鉄《すんてつ》と七変化《しちへんげ》を武器に老練の二人が事件の謎を解く！「南町 番外同心」と同じ時代を舞台に、対を成す新シリーズ！